ROBERT WALSER

罗伯特·瓦尔泽作品系列

雅各布·冯·贡腾

JAKOB VON GUNTEN

〔瑞士〕罗伯特·瓦尔泽 著

冯与瑞 译

人民文学出版社
PEOPLE'S LITERATURE PUBLISHING HOUSE

图书在版编目(CIP)数据

雅各布·冯·贡滕/(瑞士)罗伯特·瓦尔泽著；
冯与瑞译.—北京:人民文学出版社,2024
（罗伯特·瓦尔泽作品系列）
ISBN 978-7-02-018521-4

Ⅰ.①雅⋯　Ⅱ.①罗⋯②冯⋯　Ⅲ.①长篇小说-瑞
士-现代　Ⅳ.①I522.45

中国国家版本馆 CIP 数据核字(2024)第 009973 号

责任编辑　卜艳冰　周　展
封面设计　钱　珺

出版发行　**人民文学出版社**
社　　址　**北京市朝内大街 166 号**
邮政编码　**100705**

印　　制　**杭州钱江彩色印务有限公司**
经　　销　**全国新华书店等**

字　　数　**107 千字**
开　　本　**787 毫米×1092 毫米　1/32**
印　　张　**6.375**
版　　次　**2024 年 3 月北京第 1 版**
印　　次　**2024 年 3 月第 1 次印刷**

书　　号　**978-7-02-018521-4**
定　　价　**45.00 元**

如有印装质量问题,请与本社图书销售中心调换。电话:010‐65233595

在这里学不到什么，因为老师不够。我们这些本雅曼塔仆人学校的男孩儿将被培养成什么都不是的人，也就是说，往后的生活中，我们只能变得渺小而驯服。这里的课程，我们还算受用，课程的主要内容，是培养我们的耐性和服从性。而这两种品性，总的来说，不会让我们取得任何成就。内在的成就感？也许吧，但你能指望这样的内在成就感干吗呢？把它当饭吃？

我只想变得富有，坐马车拉风，挥霍钱财。这些愿望我曾对同班同学克劳斯说过，但他只是不屑地耸耸肩，没有发表任何评价。克劳斯可是相当有原则的人，他稳稳地坐在马鞍上，驾驭的却只是自己的满足。因为他驾驭的是一匹驽马，是那些策马飞奔的人连骑都不屑一骑的老马。自从到了本雅曼塔学校，我就暗下决心，得把自己变成一个谜。这想法让我染上了一种前所未有的——满足感。

论及服从，我一点不差，但比不上克劳斯。克劳斯是服从的楷模，他对任何吩咐都心领神会，并且可以随时随地无比神速地执行这些吩咐。我们都是一样的学生，我、克劳斯、沙赫特、西林斯基、富克斯、细高个儿彼得等等，我们的共同点——就是穷和依赖性。因此，我们都是渺小的，渺小到一文不值。谁要是有一个马克①的零花钱，就会被看成是尊贵的王子。谁，要是像我这样，抽几支小烟儿，会立即引起关注，仿佛我的小小举动就是巨大的浪费。我们都穿制服。因为我们学习怎么做仆人，所以我们都穿制服。制服让我们看起来既低三下四，又趾高气扬。穿制服让我们看起来不像自由人，这也许是一种耻辱，但是，制服也让我们看起来很帅气，帅气使我们避免了更大的耻辱。至少谁也不能把我们跟大街上那些穿得破破烂烂的叫花子等同起来。对我来说，穿制服是一件很惬意的事，因为我从来都不知道我应该穿什么。不过，在这方面，对我自己来说，我暂时还是一个谜。

也许，在我里面还有另一个我，一个邪恶的我。也许，我有什么贵族血统。我不知道。但是，有一点我知道得很清楚：今后我将成为一个迷人的、浑圆的——零蛋！即使我老了，也得去伺候那些年轻的、自信的、缺乏教养的无耻之徒；另外的选择是沿街乞讨，或者穷困潦倒，自取灭亡。

---

① 原德国的货币单位。

　　我们这些寄宿生其实没什么事可做，几乎没什么作业之类的。我们反复背诵学校的规则，背得烂熟；要不就是反复读那本书——《何为本雅曼塔仆人学校的宗旨？》。克劳斯除此之外还学一点儿法语，但这完全属于个人行为，因为外语或者类似的课程，不在我们学校的教学计划中。我们的全部学习时间都用于反复学习这一件事：如何举手投足。我们所有的课堂内容都围绕着这个主题。没人教我们知识。就像我曾经提过的，没有师资。或者这么说吧，那些当老师的先生们都在睡觉，说他们都死了也不为过；也可以说他们在装死，或者说他们都变成了僵尸，总之，从他们那儿我们什么也学不到。

　　说到这些教师，也许有什么特殊因缘，这些瞌睡先生中居然有一个年轻的小姐，她给我们上课，同时负责管教我们。她是我们校长的妹妹，叫丽莎·本雅曼塔。她来班级上课时，手里总是拎着一根白色的短棍儿。她一出现，我们就全体起立。她坐下后，我们才可以坐下。她用小白棍子狠而迅速地敲三下桌边儿，课就算开始了。

　　她给我们上的叫什么课呢？如果我说那是些非常古怪的课，我就是在撒谎。正相反，我认为本雅曼塔小姐教给我们的东西有刻骨铭心的价值。可惜，她能教的东西太少了，以至于我们的学习就是一遍遍的复习。但是，在这些无用和可笑的学习复习中也许藏着什么奥秘。可笑？我们这些本雅曼塔的学生永远不敢这么认为，我们不敢把任何的什么看成是可笑的。因此，我们的表情和举止都是非常严肃的。甚至那个还算是小孩儿的西林斯基都很少笑一下。克劳斯从来不笑，如果有什么好笑的事情他实在忍不住的时候，最多也就是咧一下嘴，然后立马变得暴跳如雷，因为这好笑的事让他发出了违反规定的声响。总的来说，我们这里的学生不笑，或者说，我们根本不会笑。因为笑需要的是——可笑的事和轻松的心情，我们没有过。我搞错了？上帝啊，有时，我更愿意把我的寄宿生涯，理解为一个不可理解的梦境。

我们中间年纪最小、个子最矮的是海因里希。一看到他，人就会不由自主地变得温柔。他静静地站在商店的橱窗前，目光已经深深地沉浸到食品的美味中。接下来，他会走进商店，给自己买六芬尼①的糖果。海因里希还是一个孩子，但他的言谈举止完全可以媲美一个教养良好的大人。他的头发梳得整齐，抿得油亮，让我自愧不如，在这方面我是一个很邋遢的人。他嗓音纤细得像柔弱的小鸟鸣叫。谁要是和他一起散步，或者跟他说话，总是忍不住伸

---

① 原德国货币单位，1马克等于100芬尼。

手去扶他的肩膀或者胳膊。他有一种至高无上的大人的姿态，可他还是一个孩子。他还没有形成自己的性格，因为他还不知道性格是什么。他肯定也从未认真想过，生活是什么，为什么要想呢？他是一个温顺的人，随叫随到而且很有礼貌，还没有那么多的自我意识。是的，他就像一只小鸟。他浑身上下发散着亲切和安逸。假如人对小鸟亲切，小鸟会对人还以亲切，这就是小鸟的处世方式。海因里希身上的一切都是那样无辜、无争，幸福而满足。他说，他只想成为一个侍者。事实上，他说这话时没有一丝一毫的谦卑忍耐，好像侍者是最正确最适合他的职业。他的举止和感觉上的精致，好像只有当上仆人才算有了用武之地。他的人生还能有怎样的际遇呢？还有什么人生经验和知识需要这个男孩儿获得的吗？还有什么粗鄙的失望能够心安理得地搅扰这个柔弱的男孩？顺便说一句，我还发现，他有那么一点儿冷漠，他身上没有任何与激情和挑战沾边儿的特点。也许，有很多很多事情正等着击垮他，有很多很多烦恼可以让他忧心忡忡，但他对此无感。我这么断定对不对，谁又能知道呢？谁又能验证？总之，我非常喜欢这样观察他。海因里希是一个不知深浅、无所顾忌的人。这是他的幸运，人们不知不觉中已经让了他一步。如果他是一位王子，我愿意第一个跪倒在他脚前，弯腰致敬。

我刚来学校那会儿，还非常愚蠢呢。首先让我感到失望的，居然是破旧的楼梯走廊。现在，我提升了认识，发现所有大城市楼房的楼梯走廊都是一样的粗陋。我按门铃时，一个你绝对会把他误认为猴子的人来给我开门，他就是克劳斯。那时候，我把他当作猴子；现在，我钦佩他纯粹的品格。我问他，我能不能见见本雅曼塔先生，克劳斯回答说："请进，我的先生！"他边说边朝我愚钝地深深鞠了一躬。他的大鞠躬立刻让我感到惊恐，我在心里对自己嘀咕，这个学校肯定有什么不对劲的地方。从那一刻开始，本雅曼塔学校对我来说变成了一个骗局。

我走进校长的房间。我现在回想起与校长见面的场景，还是忍不住笑。本雅曼塔先生问我想要干吗。我胆怯地告诉他，我想成为他的学生。之后，他一句话没说，光看报纸。这时，办公室、校长、已经出去的猴子、办公室的门，还有各种东西的样子、校长的沉默，还有他看报纸的认真劲儿，所有这些，所有这一切，在我眼前都变得那么可疑，非常可疑！忽然有人问我叫什么，家住哪里。那一刻里，我已经知道，一切努力都将是无望和徒劳的，我已经无法摆脱这个地方。我结结巴巴地回答我是哪里人，甚至还强调了一下，我出生于一个体面的家庭。除此之外，我还特别补充说，我父亲是一个议员。我逃离他的原因，是害怕被他的优秀和卓越窒息。校长又沉默了一会儿。我对被欺骗的恐惧飙升到了极点。我都想到了秘密谋杀，想象被一块一块地肢解。这时，校长用他主人般居高临下的声音问我是否有钱。我立刻说有。

"赶紧交出来，快！"

他命令我。奇怪的是，我立马服从了，尽管我难过得发抖。我完全坚信，我已经落入了强盗和骗子的手里，但这坚信并没妨碍我乖乖交出我的学费。多么可笑啊！我当时的感觉现在回想起来，仍旧那么荒谬。那个人把钱装进口袋，又沉默了。我鼓起英雄般的勇气，胆怯地提出收据的请求时，得到的回答如下：

"像你这样的捣蛋鬼不给收据。"

我差点晕过去，校长按铃叫人。傻猴子闪电般走进来。傻猴子？哦，错。克劳斯是一个可爱得不能再可爱的人。那时我只是还没有真正明白这一点。

"这是雅各布，新来的学生。带他去教室。"

校长话还没说完，克劳斯就一把抓住我，把我拖到女老师的眼前。一个人害怕的时候，多么像孩子啊！不信任和无知，绝对是最糟糕的事。就这样，我成了这里的一名学生。

我的同学沙赫特是个罕见的生物。他梦想成为一名音乐家。他告诉我，他在想象中可以把小提琴拉得相当好，当我看到他的手时，我立刻相信了他的话。他很喜欢笑，笑的时候也会忽然陷入浓郁的感伤中，这种感伤特别适合他苍白的脸色和身体的姿态。沙赫特有一张苍白的脸和纤弱细长的手，它们仿佛在告诉人们，沙赫特正遭受着莫名的精神折磨。他的体格单薄，让他坐立不安很容易，让他像正常人那样坐着站着保持不动就很难。他像一个执迷不悟的病态小姑娘，同时又很容易变得心软，比起一个年轻的小伙子，他更像一个被宠坏的少女。我们，我和他，经常一起躺在我宿舍的小床上，不脱衣服，不脱鞋，违反校规抽着香烟。沙赫特喜欢做违规的事，坦率地说，我也差不多。每当我们这样躺着时，我们总是对彼此没完没了地讲自己的事情，所谓我们经历过的生活体验。这些我们生活故事中的事实，很多都是捏造的。但是，这些杜撰出来的一切，好像在我们周围闪烁呢，好像在我们周围筑起了围墙，上下左右无处不在，并发出柔和的声响。狭窄、昏暗的宿舍房间冥冥中变得旷远，街道、大厅、城市、城堡、无名的人和无名的风景，它们发出雷鸣般的响声，又像是窃窃私语或低声哭泣……总之，在梦幻中，与彼此相知，与深井般虚怀若谷之人交谈，都是非常美好的事。

沙赫特似乎听懂了我对他说的一切；而他说的一切，随着时间的推移，人们也更深地体会出这些话的含义。但是，沙赫特转眼就可以变得抱怨连天。这也是我喜欢和他聊天的原因，因为我喜欢听人抱怨。你听人抱怨时，可以重新理解他，并在内心深处对他报以同情。沙赫特身上有某种令人怜惜的东西，即使他从不说什么伤心之事。如果什么人身上隐藏着一丝丝的不满足，我们可以把它理解为对美好和高贵的向往，这种向往在沙赫特身上表现得和谐和完美。

沙赫特是有灵魂的。谁知道呢，也许他天生就是个艺术家。他曾悄悄告诉过我，他病了，因为是一种不太体面的疾患，他急切地要求我保守秘密。为了让他安心，我用名誉担保，发誓绝不外露。然后我请求他允许我看看他病的地方，他有些生气，转身靠墙说：

"你简直不知羞耻！"

我们两个经常默默地躺在那里，什么都不说。有一次我轻轻地握住他的手，把它拉向自己。他立刻抽回他的手，对我说：

"你在做什么？别犯傻！"

在人际交往上，沙赫特很喜欢我，但我对此并不是很确定。其实，在这方面，重要的是感觉，确定与否并不重要。不过，有一点是非常确定的，那就是我真的很喜欢沙赫特，他让我的存在感变得开阔和丰富。当然，这些我从没有告诉过他。我们之间说的都是些愚蠢无聊的事，有时也会认真地谈点儿严肃的事情，但从不高谈阔论。美丽的词藻太无趣了。

唉，当我和沙赫特单独在宿舍时，我发现我们这些本雅曼塔的学生，每天至少有半天时间处在罕见的无所事事中。我们不是蹲着、坐着、站着，就是躺在什么地方，散漫于各处。沙赫特和我经常在房间里点蜡烛消遣一下，这是严格禁止的，所以我们才喜欢这么做。规定来规定去，都不如蜡烛燃烧的美丽。烛光又是如此神秘，它细微柔和，将一抹微微的红色抹到我同伴的脸颊上。每当我看到燃烧的烛光时，感到说不出的满足。转瞬间，我的幻想中便走过来一个仆人，把裘皮大衣递给我。这都是妄想，但这妄想有一张漂亮的嘴，还有漂亮的微笑。沙赫特的五官其实很粗陋，但被他满脸的苍白掩盖了。苍白，让他的五官看上去更精致了。他的鼻子太大了，耳朵也太大了，嘴巴却被掐住了，紧紧抿着。有时，当我这样观察沙赫特时，一种感觉油然而生——这个人以后肯定会倒霉，会经历很多糟糕的事情。但我多么喜欢像他这样的人啊，他们总能让人对他们产生忧伤的印象。这属于兄弟情谊吗？是的，是的，很有可能这就是一种兄弟情谊。

　　我到宿舍的第一天表现，像是妈妈的小宝贝儿，太娇气了。我被带到房间，被告知我得和其他人一起住在这里，也就是和克劳斯、沙赫特、西林斯基一起睡。我就像联赛球队的第四名队员。每个人都在那里，我的同学、正鄙视地看着我的校长，还有那位小姐。我突然跪倒在她跟前，大喊：

　　"不，我不能睡在这个房间里，在这儿我不能呼吸，我宁愿去大街上过夜。"

　　我一边喊一边紧紧抱住她的双腿。她看上去气坏了，命令我站起来。我说：

　　"除非您答应我，给我一个适合人居的像样的睡觉地方，不然我就不起来。求求您，小姐，我恳求您，给我安排一个别的地方，哪怕是一个小洞也行，只要不是这个地方就行，我不能待在这里。我真的不想冒犯我的同学，如果我已经冒犯了，那就太抱歉了。和三个人一起睡觉，我还是第四个，怎么能挤进这么小的屋子？绝对不可能，求您了，小姐。"

她露出了微笑，我一看到她的笑容，立刻更紧地依偎她：

"我会听话的，我向您保证，我愿意听从您的所有命令，永远不让您对我的行为举止有任何不满。"

本雅曼塔小姐问：

"你确定吗？我永远不会对你的行为举止有任何抱怨？"

"是的，我确定，仁慈的小姐！"

她和她的校长哥哥交换了一个意味深长的眼神，然后对我说：

"首先，你站起来，别再跪在地上！哼，真够不要脸的，实话告诉你，我无所谓，你可以睡别的地方。"

说完，她把我带到另一个房间，就是我现在还住的这间。她指着房间问我：

"你喜欢这间吗？"

我脱口而出：

"这么窄啊！我们家的窗户都是有窗帘的，阳光能照进所有房间。这儿就一张小窄床和一个脸盆架。在我家的房间里家具齐备。但是请您不要生气，本雅塔曼小姐！我喜欢这个房间，谢谢。家里的一切都很敞亮，很高级，很

雅致，但这里也挺好看的。请您原谅，我拿家和这里做
比较，天知道还会发生什么。但我真的觉得，这个小地方
非常非常地令人着迷，虽然，墙上的窗户几乎算不上是窗
户，整体看起来跟老鼠洞或者狗洞很像，但我喜欢。我刚
才的言行既有些丢人还有点忘恩负义，不是吗？我非常珍
视这个小房间，但您最好还是收回这个房间，严厉地命令
我跟那些同学睡在一起！虽然我的同学们已经被我冒犯
了。而您，小姐，也很生我气。这些我都看到了。对此我
也非常难过。"

她对我说：

"你是一个蠢蛋，现在给我闭嘴！"

说完，她笑了。

我在第一天的表现多么愚蠢啊。一想到自己不得体的
举止，我特害臊，直到如今仍是羞愧难当。第一天晚上，
我睡得很不踏实。我梦见了女老师。话说回到那个我错失
的小房间，我要是没回绝，而是跟一两人合住，说不定我
会很满足呢。对他人有所恐惧的人，难免神经兮兮。

本雅曼塔先生是个巨人，虽然他整天满脸阴云，跟他
比，我们这些学生简直就是侏儒。作为我们这些尘埃般
渺小生物的主人和领队，他绝对有烦恼的义务。因为统治

我们所需要的力量，跟本雅曼塔先生自身所具备的力量相比，完全不值得一提。不，本雅曼塔先生完全可以承担别的使命，像教育我们这些小混混的事情，对他来说就是小小的练习，跟入睡一样容易。那些无处发挥的能量搞得他无可奈何，整天就是看看报纸发发牢骚。当初创建这个学校时，他是怎么想的呢？在某种意义上我很同情他，这种感觉也增加了我对他的尊重。顺便说一句，我刚来这里的时候，应该是第二天一早，他和我之间有过一个激烈的冲突。我走进他的办公室，还没等我说话，他就冲着我说：

"再重新进一遍。看你能不能像一个正派人那样走进房间。"

他的话非常严厉。我出去，然后敲门，刚才忘了敲门。

"进来。"

声音传出来，我走进去，站在那里。

"鞠躬呢？进来后应该说什么来着？"

我鞠了一躬，可怜兮兮地说：

"您好，校长先生。"

现在我已经训练有素，"您好，校长先生"这句话，我可以说得像喘气一样自然流畅。那时候我讨厌这种令人难以忍受的顺从和礼貌，是因为我无知，不知道什么更好。对我来说，曾经可笑和愚蠢的事情，现在都是实用和美好的。

"大点声，小混蛋！"

本雅塔曼先生对我喊。我只好把"您好，校长先生"这句问候语重复五遍，然后他才问我有什么事。我非常生气，我说：

"在这里什么都学不到，我也不想继续待下去了。请您把学费退给我，然后我就滚蛋。这里有教师吗？有教学计划吗？有什么设想吗？这里什么都没有！我必须离开，无论谁都休想阻拦我，我必须离开这个阴森、乌烟瘴气的地方。我来这里可不是向您学习这些愚蠢的条例，让这些傻乎乎的东西把我变成一个傻瓜。这是我高贵出身不允许我做的事！但我也十分肯定，我绝不会逃回父母身边，我宁愿到大街上流浪，把自己当成奴隶卖掉。我要是这么做了，对谁都没半点儿坏处。"

今天，我一想到曾经说过的这些话，差一点笑弯腰。但当时我绝对是心怀崇高和严肃。校长先生沉默着，在我还想继续辱骂他时，他平静地说：

"学费一旦付出，永远不会被退还。至于你的愚蠢之见，诸如在这里什么都学不到，只能证明你错了，因为你可以在这里学习很多。你首先需要做的，就是了解你周围的环境。你的同学都值得结识。去认识他们，和他们交谈。我给你的建议是，保持冷静。冷静才是上策！"

"冷静才是上策"，校长把这话说得那么深沉，仿佛把我送到了某个我不曾涉足的远方。他沉下目光，好像只是为了让我明白，他对我说的话有多么好，多么和善。随后，他再次陷入沉默，他的思绪已经完全不在我身上了。我还能做什么呢？本雅曼塔先生又开始看报纸了。我有种感觉，好像远方一场不可理喻不可理解的狂风暴雨正在逼近我。我向本雅曼塔先生深深鞠躬，头都快拱地了，但他根本没搭理我。我用校规规定的语气恭敬地说：

"再见，校长先生！"

说着，我一磕鞋跟儿，昂头挺胸地立正，离开！那可不是一般的"离开"，是没有转身，手背到身后摸到门把手，正面面对校长退出去的离开。我的尝试，我的革命就此完结。从那以后再没做过如此执着的事情。但是上帝作证，我居然还被打了。

他打我，这个我一心一意崇敬的校长打我时，我一声没吭，眼皮都没眨一下，所以，他的殴打无法成功地羞辱我。我只是有点儿伤心，不是为我自己，是为他，为校长先生本人伤心。其实，我总在想他，想他们两个人，他和他妹妹，他们跟我们这些小鬼头混日子，过的是什么生活呢？他们整天在他们的小屋子里做什么呢？他们到底忙什么？他们穷吗？本雅曼塔家族穷吗？学校里有一个小"密室"，直到今天我还没进去过。克劳斯进去过，他做什么都有优先权，因为他太忠诚。但克劳斯不愿意泄漏校长家的事。我一刨根问底向他打听这方面时，他总是看着我，一言不发。如果我是个什么人物，我会立刻雇用克劳斯做我的跟班儿，他嘴真严。也许有一天我也能进到那个密室。进去了我又能看到什么呢？也许没什么特别的？不，不，我敢肯定，在学校的某个地方是有好东西的。

有一件事是真的：这里没有大自然。好吧，这里是大城市。但它跟我家没法儿比，我家那里无论远近满眼都是大自然的风景。我相信，在哪个大街小巷我都能听到鸟叫蝉鸣。小溪潺潺流过，森林密布的高山高傲地俯视着干净的小城。晚上，坐着缆车飘过近旁的湖面、山岩和森林。丘陵和田野走几步就到了，花香鸟语萦绕周围。城里的街道就像花园的小径，看上去干净柔软。被花园簇拥的一栋栋白房子，一如顽皮小孩儿从花丛中探出身子。你可以看到熟悉的太太夫人，比如哈格太太就在被栅栏围起的公园里散步呢。这一切细想起来不免有些愚蠢，大自然，大山、小湖、河流和泡沫四溅的瀑布，还有大片的绿，所有的花香鸟语充盈你的四周。你走在这里，就像走在天上，因为你放眼所见，到处都是蓝天。你安静地站那么一小会儿，就可能已经躺下了，好像宁静地沉入了空气中。你开始做梦，因为你躺到了长着青草和苔藓的大地上。当然还有冷杉树，它们散发着神奇充满力量的辛辣之味。难道我再也见不到山上的冷杉林了？即使这样，也不算不幸。缺少本身，就自带芳香和力量。我家值得一提的大房子，虽然没有花园，但围绕它周围的一切就是一个美丽洁净的大花园。我不希望我想念它。胡说。学校这里的一切也很美，是不是？

其实，我脸上还从未长出什么值得刮一刮的类似胡子的东西，但我时不时会去趟理发店，让他们给我刮刮胡子，主要可以趁机逛大街。理发师的助手问我是不是瑞典人，还没等我回答，他又问我是不是美国人，也不是，那是不是俄罗斯人呢？最后，他问我到底是哪里人？我喜好这样，用钢铁般的沉默对付这些极具民族主义色彩的盘问。还有那些喜欢问我对祖国有什么感情的人，我从不给他们答案，让他们保持未知。或者我骗他们说，我是丹麦人。有时候，坦诚只会伤害自己，或者让人厌烦。有时候，太阳发疯地照在这条热闹的大街上。有时候，雨水覆盖了一切，一切变得烟雨迷蒙，这也是我特别特别喜好的种种之一。这里的人很友好，就像我有时莫名其妙不友好一样。我经常中午时坐在长凳上无所事事。绿化带上的树木好像失去了颜色，树叶沉铅般不自然地垂挂着，看上去好像一切都是铅皮铁皮做成的。忽然又是大雨滂沱，湿透所有所见。雨伞陆续撑开了，马车轰隆隆地经过石板路。行人脚步匆匆，姑娘拎起裙角，看着她们裙下露出的双腿，给人一种奇妙的舒服感。散发女人魅力的大腿，映衬在紧绷的丝袜下，这从来都看不到的景象，现在忽然就在眼前了。漂亮的鞋子紧贴着她们漂亮柔软的双脚。接着，太阳就出来了。微风习习，让人想家了。是的，我想妈妈了。她会哭的。为什么我从不给她写信？我不能理解，对此我完全没概念，就是不能下决心给她写信。也许是这样：我不想让她知道我过得如何。这是非常愚蠢的想法。可惜，我不应该拥有爱我的双亲。我完全不喜欢被爱或者被赞扬。他们应该习惯不再有儿子的时光。

为一个你不认识、与你无关的人提供服务，是一件令人激动的事情，它几乎可以让人瞥见上帝迷雾缭绕的天堂。其实，从根本上说，所有人，至少几乎所有的人，都是与你有关的。那些从我身边经过的人，肯定有点什么与我关联着，这是毋庸置疑的。还有一点不容忽视，说到底这都是个人的私事。有一天我就是这样走在大街上，阳光普照，突然有一只小狗窜到我脚前哀吠，我马上发现，这只珍贵的小宠物的爪子被嘴罩绊住了。它不能再跑了。我弯下腰，解决了这个巨大、巨大的不幸。这时，小狗的女主人急忙赶过来，她看见所发生的一切，向我致谢。我立即脱帽向她还礼，然后继续走我自己的路。她在我身后一定会想，啊，这个世界上还有像我这样知情达理的年轻人！好吧，这也算我为全体年轻人提供了服务，做了一件好事。还得补充一点，那个笑着向我致谢的女士长得非常难看。

"谢谢您，先生。"

哈，她把我当成先生了。是的，谁知道正确的举止，谁就是先生。人只感谢自己尊重的人。而微笑的人，总是漂亮的。所有女人都值得被亲切礼貌地对待。每个女人都有自己的精致所在。我已经见过行为举止像女王一样的洗衣女工。这一切都很滑稽，非常滑稽。但是，就像忽然喷射的阳光那样，我快速逃离了那里。准确地说，逃进了一家百货商店。我要在那里照一张相，本雅曼塔先生想要一张我的照片。之后我还要写一份短小且实事求是的简历。为此，我需要纸。接下来，我还可以享受一下逛文具店的乐趣。

同学西林斯基是一个波兰人。他德语说得很漂亮，但不太连贯。所有这些外国腔在我看来都很高雅，我也不知道为什么。西林斯基所有的傲娇，都体现在他那个可以电子打火的领带夹打火机上，他知道给自己购置什么样的东西。他非常喜欢用这个打火机，最最喜欢的就是用它点燃火柴。他的鞋永远擦得铮亮。奇怪的是，我们经常看见他刷西服、擦靴子、刷帽子。他喜欢用一个廉价的小镜子照自己。这种可以装在兜里的小破镜子，我们每个学生都有一个，虽然我们完全不懂虚荣意味着什么。西林斯基体形修长，长相英俊，一头鬈发。白天，他梳理摆弄多少次这头鬈发都嫌不够。他说，他想找到一匹小马驹，给它刷毛，清理它，然后骑着它去远方，这是他最喜欢做的梦。他精神方面的天赐相当贫瘠。他绝对没有敏锐性，或者对细微存在的感知能力等等，这类特质就不用在他身上寻找了。但是，他并不愚蠢，说他头脑有些局限或许更准确些。如果议论的是我的同学，愚蠢这个词是不会从我嘴里说出去的。我是他们中最不成器的那一个，这从来不是什么令人高兴的事情。如果一个人像我这样，感情丰沛，但又不懂怎么用这份感情，那思想和想法又有什么用呢？哦，不，不，我只是尝试看得更清楚些，我不可能是自以为是的人，我永远、无论何时都不可能对我周围的人，摆出一副高高在上的样子。

西林斯基将来会在生活中找到幸福。某些女人会很喜欢他，从他现在的样子就能看出来，将来他会成为女人的宠儿。顺便说一句，他脸上和手上有某种令人难忘、而且高贵的亮棕色，眼波羞涩。他的眼睛十分诱人。光凭长相他就能成为一个年轻的乡村贵族。他的行为能让人想起一个庄园，城市和乡村的特质在那里混淆了，一如高雅和粗鄙共同构成了人类的修养。西林斯基特别喜欢无所事事，更喜欢在最热闹的街上闲逛，我有时会陪他一起逛，这让克劳斯非常生气。克劳斯厌恶、鄙视甚至诅咒这种闲逛。

"嘿，你们二位又去逍遥了？"

每次我们回来，克劳斯都这样"迎接"我们一下。关于克劳斯我还有很多话要说。我们这帮学生中他是最正派、最勤奋的一个。勤奋和坦诚是如此辽阔的领域，取之不竭，无边无际。没有什么堪比善良和正义，我一瞥见一闻到它们，就会在心底涌出无法控制的激动。这些心灵深处的景象和气味让我更加兴奋。相比之下，那些陋习和丑恶眨眼就被人学会进而拥有了，而从勇敢和高尚中习得聪慧是多么艰难！但是，正因为难，才更有吸引力。不，我对恶习的兴趣远远小于对美德的向往。现在我必须描述描述克劳斯了，对此，我有点胆怯，我太敏感？我什么时候开始敏感了？我可不希望这样。

我现在每天都去百货商店，每天去问一下，我的照片是不是已经冲洗好了。每次我都穿西服，乘电梯直接到顶层，非常不幸的是，我感觉很惬意，这种闲适和我一片空白的大脑很吻合。我一坐电梯，就感觉自己变成了一个孩子。别人也像我这样吗？直到现在，那份简历我还没动笔写。让我有点儿为难的是，我过去的经历略显苍白。克劳斯天天看我的眼神中，满是责备。这让我感到舒适。我喜欢看那些我喜欢的人有那么点儿生气的样子。给我非常看重的人留下一个错误的印象，没什么比这个更让我愉快的事了。我这么想，对他人也许是不公平的，但这么想需要胆量，于是就相当适宜了。还有一些可以称之为病态的想法，比如，在无比清醒的恐惧中死去，对我来说有着难以言说的魅力。甚至这个世界上我最爱的事情，都是通过别人对我的诋毁和侮辱完成的。没人会理解这个，或者说，只有无视美感，对美感无感的人才能理解。为了成为一个粗俗愚蠢的笨蛋，悲惨地献出生命，难道不是死得其所吗？不是，某种程度上说，肯定不是，但是，这些行为达到了愚蠢的极致。这让我想起一些事，我看着自己，不知道哪个自己、出于什么缘由指使我说出这些事。

一周前，也许更早些，我还有十马克。现在这十马克都花完了。有一天，我经过一家有女招待的酒店。我被一个姑娘引了进去，毫无抵抗。这个姑娘朝我走过来，把我领到一个沙发前，请我坐下。半梦半醒中，我大概知道接下去发生的事情将怎样结束。我推脱几下，但一点儿不坚定。对我来说，怎样都是一样的，无所谓或者有所谓也是一样。抵抗或者坐到姑娘对面，扮演一个高贵的绅士，昂着头，但眼帘低垂，这给我带来无与伦比的乐趣。那里只有我们两个人，做着可爱的蠢事。我们一直在喝酒，姑娘一次又一次去倒酒。她亮出性感迷人的丝袜，我更愿意用嘴唇去抚摸那穿着丝袜的大腿。啊，这时候的男人都很蠢。姑娘不停地起身去倒酒，频繁至极。她想飞快地掏空我这个傻小子的钱包。我都看在眼里，我很赞同她的举止，让我更欢喜的是，她拿我当傻子。这是如此特别的堕落所在：觉察自己被人骗钱还暗自高兴！对我来说，这是相当神奇的事呢。我周围的一切都被长笛引导下的靡靡之音吞没了。这个姑娘是波兰人，苗条柔软的身条，令人堕入淫荡随后产生罪恶感。我心想，我的十马克完蛋了。但我吻了姑娘。

"告诉我，你是做什么的？你的举止像一个绅士。"姑娘说。

我贪婪地闻着她身上的香气，希望永无止境。姑娘感觉到了我的淫欲，很享受。实际上，那些对爱和美无感的人来这样的地方，只求刺激和淫荡，那他就是一个可怜虫。我骗姑娘说，我是一个马夫。

"哦，不可能，你举止可比马夫优雅多了。你为我说一句，日安。"

我按照她的要求做了，"日安"在这儿具有的暗示，让她笑着坐到我身上，一边开玩笑，一边脱我的衣服，然后我做了"日安"暗示的那件事。一分钟后，我已经在傍晚的街上了，口袋里不再有一分钱。要是有人问我感觉如何？我不知道。但我知道一件事：我必须弄到一些钱，但去哪儿能弄到钱呢？

几乎每个清晨，我和克劳斯之间都会发生压低嗓音的争吵。克劳斯总是坚信，他应该敦促我去工作。也许他并没有搞错，我是不喜欢早起的人。当然，我喜欢起床，但是我同时认为，醒了之后在床上多赖一会儿美妙绝伦，所以，我应该起床，但也应该在床上多躺一会儿，当然，我更喜欢后者。一个人不应该做某件事，有人这样要求你、禁止你，绝对令人激动和着迷。最后的结果是，你只能做人家不让你做，但你情不自禁要做的那件事。这就是为什么我天生喜欢任何形式的强制，因为它能满足你触犯戒律的渴望。如果这个世界上没有禁令，没有应该必须，我会死去，我会饿死，我会因无聊致残。我需要被敦促，被强迫，被束缚，这才是我的最爱。然而，最后的决定，是我做，是我独自做出的。我特别愿意先激怒那些皱眉头的法规，然后再试图安抚它们。克劳斯是本雅曼塔学校所有规章制度的化身，因此我才不断向他、向跟他同样优秀的同学挑战。我喜欢吵架到了上瘾的程度。假如我不能吵架，我会生病，而克劳斯就是最好的吵架和被取笑的对象。因为他总是对的，他总是用他是对的口气跟我喊：

"现在，你该起来了吧，你这个懒惰的混蛋！"

——而我总是错的！我的口气也是如此：

"是的，是的，耐心点。我起来了。"

那个错的理亏之人，总是厚着脸皮要求对方拿出耐心。总是对的人，他的态度因此变得强硬。相应之下，总是错的那一方的态度，既要表现出一点傲慢，还要显露一些假装无所谓的油滑。好心好意热情四射的人——克劳斯，最后还是输给了那个——我，那个不把好心好意放到心上的我。我赢了，因为我仍然躺在床上，克劳斯气得浑身发抖，不停地徒劳地敲击房门喊着：

"起来，雅各布！你还是快起床吧。上帝啊，世上居然有这样的懒虫！"

我对那些爱发火的人都有好感。克劳斯从不浪费任何一个发火的机会。这是美德，是幽默，是高贵。我们因此非常适合在一起。一个易怒之人的对面需要站着一个罪人，不然就缺少发怒的引子。我终于起床了，不过还在无所事事的状态里。克劳斯站在那里，看得目瞪口呆，然后对我说，你这个混蛋，还不动手做事！这是多么绚丽的事啊。一个脾气暴躁者的絮语，在我看来，比森林中溪流的低语更美，点亮了最美的星期天早晨。人，人，只有人！是的，我生动地感受到了：我爱人们。对我来说，他们的愚蠢和急躁比大自然最美妙的奇观更珍贵、更有价值。

我们这些学生必须一大早在老师们起床前，扫干净教室和办公室。两个人一组轮流值日。"起床，起床，能马上起来不？"，或者"不要再躺着享受了"，或者"起床，起床了，没时间了，你早就应该拿起扫帚了"。多有趣啊。克劳斯，永远在生气的克劳斯，我是那么喜欢他。

现在，我必须回到最开始，回到到校的第一天。课间休息时，沙赫特和西林斯基冲进厨房，把一份份盛在盘子里的早餐端进教室，那时候我还不认识他们。我面前也摆了一份早餐，但我一点胃口都没有，什么都不想碰。

"盘子里的所有东西都必须吃干净。你明白吗？"

沙赫特告诉我，克劳斯也在帮他强调吃光的重要性。

我现在仍然记得，我多么厌恶他们说话的语气。我尝试吃那份早餐，因为反感大部分早饭还是剩下了。克劳斯挤到我面前，庄严地拍拍我的肩膀：

"新来的，在这儿，你要知道规矩，饭来了，就必须吃光。这就叫作有饭必吃。你很傲慢，但别急，你的傲慢很快就会过去。这么好的涂了黄油夹了香肠的面包，能从大街上白捡吗？你好好安静地等着，说不定一会儿你就胃口大开了。反正你得吃掉你盘子里的东西，你最好听明白了。本雅曼塔学校不允许剩饭。赶快，吃。吃光剩饭。假如你既多愁善感又放不下身段，相信我，这一切很快就会过去。你想告诉我，你没有胃口吗？那我劝你，还是有胃口的好。你就是因为傲慢才没胃口的。把剩饭给我。这次我帮你吃掉，尽管这绝对是违反规定的。现在看好了，知道我们是怎么吃饭的吗？这样？这样？对，我告诉你吧，对待这早餐要像对待艺术品那样。"

这一切让我感到如此尴尬。我对那些正在吃东西的男孩厌恶至极，现在呢？现在我和他们中的任何一员一模一样，把盘子上的东西吃得一干二净。现在的每一次用餐都令我期待，单调简朴的饭菜，却是精心准备出来。在我的一生中，再也不会涌出拒绝这样饭菜的念头，永远不会。是的，一开始我有点儿自负，有点儿傲慢，我一定是被什么伤到了，被什么侮辱了，到底被什么，我哪能知道。那时的一切，一切的一切对我来说都是崭新的，最后因为崭新而充满敌意。除此之外，我承认自己是一个出色的傻瓜，直到今天我仍然很傻，但愚蠢的方式已经提升到雅致友好和智慧的层面。你掌握的方式和智慧能帮助你达到一切目的。不管一个人多么愚蠢和无知：如果他知道如何穿衣打扮，如何举止，如何谄媚，他就还有希望，不但有希望，他还能找到自己的路，把日子过得比那些聪明、知识渊博的人强百倍。人能够更好地找到发现自己的生活方式，在这过程中，方式方法和智慧最重要，是的，绝对正确。

克劳斯来学校之前，生活很艰难。他和他身为船长的父亲，整天在易北河上开着煤炭驳船，从上游到下游劳碌奔波。他必须努力甚至艰辛地工作，直到有一天他病倒了。现在他想成为仆人，成为一个绅士的真正的仆人。为此，他与生俱来的良善品质可以帮他成全梦想。他将成为一个出色的仆人，不仅是他卑躬屈膝、逆来顺受的外表适合这个职业，不，还有他的灵魂，我这个同学的整个天性和人格都充满了当仆人必需的奴性。伺候起来！但愿克劳斯能遇到一个像样的主子，这是我对他的祝愿。

有些主人，说白了有些上等人，不喜欢也不太愿意接受完美的服侍，因为他们不懂什么是尽善尽美的服务，更谈不上享受被这样服侍的乐趣。克劳斯很有格调，绝对配得上伯爵一类的主子，配得上最高贵的绅士。不要让克劳斯像普通的下人那样工作，不要让他干粗活。他完全可以代表他的主子。他的脸就是为了派这样的用场而长的：他说话的语调，他的举手投足，他的姿态，他的忠诚，都能让雇用他的人为此骄傲。雇用？是的，就是这么说的。克劳斯有一天会被推荐给什么人，或被某人雇用。克劳斯正期待着这一天的到来，为此，他热切地学习法语，让法语涌进他不灵光的笨脑袋。但困扰克劳斯的是另一件小事。正如他自己所说，他从理发师那里得到了一个很不雅致的意外"奖赏"——看上去很像小小的红色植物花环，简单地说，是小红点儿，说得更简单些就很无情了：是粉刺。哎，这真是糟心的事，尤其发生在一个梦想为正派体面的绅士提供服务的年轻人身上。谁又能帮上忙呢？可怜的克劳斯。对我来说，如果我必须亲吻克劳斯，那些斑点儿丝毫不会妨碍我的亲吻。我是认真的：真的不妨碍，因为我再也看不到这样的东西，我连他长得丑都看不见了。我在他脸上看到的是他美丽的灵魂，而只有灵魂才是值得爱抚的。但是他未来的主子不会这么想，所以克劳斯才不停地在那些毁他容貌、坏他形象的粉刺上涂药膏。他经常对着镜子观察治疗的进展，这可不是无聊的虚荣心。如果克劳斯没有这个瑕疵，他永远不会照镜子的，那么这个地球上，再也没有比克劳斯更不虚伪、更不自我膨胀的人了。本雅曼塔先生对克劳斯的关照有些出人意料，他经常派人询问克劳斯脸上令人作呕的斑点儿的进展，以及它们何时才能如愿消失。

克劳斯很快就要步入生活，走向他的岗位。我很害怕面对他最终离开的那一天，好在这一天不会马上到来。我认为他那张脸仍需长时间治疗，虽然我真心希望不是这样，但又希望如此。如果他离开，我会感到巨大的缺失。很快，克劳斯就能找到一个不懂欣赏他品质的绅士；同样很快，我将失去一个我珍爱的人，他对我的感情一无所知。

晚上，在灯旁，在学校的大课桌前，我写下了上面这些文字。在这些课桌前，我们这些傻小子麻木或者不那么麻木地坐过。克劳斯有时好奇地从后面凑上来窥探。有一次我责备了他：

"克劳斯，请你告诉我，什么时候你开始关心与你无关的事啦？"

和所有鬼鬼祟祟偷窥别人、被当场逮住的那些人一样，他非常恼火。有时我独自一人坐在公园的长椅上，直到深夜。路灯被点亮了，刺眼的街灯落在树叶间，像水在流淌又像在燃烧。到处都很炎热，给人带来某种陌生感。散步的人们来来往往，喃喃私语仿佛从隐蔽的小径飘浮过来。后来，我回到学校，发现大门锁上了。

"沙赫特！"

我轻声喊，按照我和沙赫特事先的约定，他要把钥匙扔进院子。我蹑手蹑脚地用脚尖儿踮进寝室，因为长时间离寝是被禁止的，最后我躺到床上。然后我开始做梦。我经常梦见可怕的事情。有一天晚上，我梦见自己一拳打到我妈妈的脸上，虽然我那么爱她，她也不在我身边儿。我惊叫着从梦中醒来。发生在想象中的丑行让我痛苦不堪，我从床上爬起来。惊恐中我抓住圣女的头发，把她扔在地上。哦，不要想这样的事。泪水像被剪碎的光，从母亲的眼睛里喷射而出。我还清楚地记得，悲苦是如何割开母亲的嘴，她如何沐浴在痛苦中，脖子后仰。我怎么又想起这些画面了呢？明天我必须写履历了，否则就有收到凶恶责备的风险。晚上九点左右，我们这些男孩总要唱一首简短的晚安歌。我们站成一个半圆形，面对那个密室，然后门打开，本雅曼塔小姐出现，站在门槛前，一身飘逸的拖地白裙，对我们说：

"晚安，小伙子们。"

然后，她就命令我们去睡觉，并警告我们，要安静。最后，总是克劳斯关掉教室的灯，从这一刻起，我们就不允许弄出任何声响了。每个人都踮着脚尖儿摸到自己的床铺。所有这一切都很奇怪。本雅曼塔兄妹睡在哪儿？向我们道晚安时，这位小姐看起来像个天使。我是多么仰慕她。无论哪个晚上，校长都没有出现过。这很奇怪，也不奇怪，不管怎样，这些事你想不注意都不行。

本雅曼塔学校的过去似乎享有过更多的声誉。我们教室的四面墙上，有一面墙上挂着一张大照片，照片上有历届学生的合影，人数众多。顺便说一句，我们的教室那叫简约。除了一张长方形桌子、大约十到十二把椅子、一个大壁橱、一张较小的边桌、一个更小的壁橱、一个旧行李箱和一些其他琐碎的杂物，就没什么算得上家具的东西。通向诡异充满未知的密室的大门上方，挂着一把极为呆板的警察马刀，刀在鞘中，用来装饰墙面。马刀上面是一个头盔。这个装饰物好像在替校规吓唬我们，又好像在警告我们，校规有多么严厉。这种旧货店里扒出来的破烂儿，白送我都不要。但我们每两个星期得把马刀和头盔取下来擦拭一番。这个活儿被认为是可爱的，但它首先是愚蠢的。

除了这些装饰，教室的墙上还挂着已经死去的皇帝的照片。那个老皇帝看上去慈眉善目，他的皇后也有几分普通母亲的世俗气。我们经常用肥皂和温水打扫和清洗教室，这样清洗过的教室味道好闻，窗明几净。所有这些女佣的活儿，我们都得自己做。干活的时候，我们都扎上女人的围裙，这种女里女气的打扮，让我们无一例外地显得滑稽。但干这种活儿也挺有趣。擦地板，给地板打蜡，把厨房里的东西都擦得铮亮，抹布和清洁粉随便用，桌子和椅子都用水冲洗，然后擦干，门把手擦亮，窗玻璃先往上哈气，然后使劲儿擦，每个人都有自己的事儿，都得做完。每当我回忆大扫除的时光，那些擦擦洗洗让我想起童话中的小侏儒们。众所周知，这些小侏儒们满心善意帮助人们干脏活累活，心甘情愿。我们这些学生必须做的，我们做。但为什么我们必须做，我们谁都不明白。我们服从，但不思考。也许某一天，我们不加思考的服从，能够让我们做到绝对不思考。我们的工作对错与否，廉价与否，统统不思考，做就是了。

有一天，同样是这样的大扫除日，我们中年纪最大的同学特瑞马拉，对我恶语相向。他悄悄地溜到我身后，用那只下流的脏手抓住了我的私处（做这种事的手是粗鄙和下作的），他打算给我来一个令人作呕的动物般的亲昵！我猛地转身，一拳将这个恶棍打倒在地。平时我根本没这份凶猛。特瑞马拉比我强壮多了。但是愤怒给了我不可抗拒的力量。特瑞马拉爬起来，扑到我身上，这时教室门打开了，本雅曼塔先生出现在门口，对我喊：

"雅各布，你这个混蛋，给我滚过来！"

我走到他面前，他问都没问我们为什么动手，对着我的头就是一下子，然后走掉了。我想追着他大喊，这不公平，但我控制住自己，让自己冷静下来，左右看看大伙儿，又继续干活了。从那以后，我再也没和特瑞马拉说过话，他也躲着我，他知道为什么。这件事让他觉得抱歉、还是让我觉得不妥，我一点都不在乎。粗鲁的事情，就像人们常说的那样，我早就忘得一干二净。特瑞马拉以前在海轮上做工。他是一个堕落的人。他似乎为自己的堕落感到高兴。顺便说一句，他是一个没有教养的人，所以他引不起我丝毫的兴趣。恶作剧加上难以置信的愚蠢：还有比这更无聊的组合吗？但是这个特瑞马拉让我明白了一件事：人，必须时刻准备迎接攻击和侮辱。

我经常去逛街，走在大街上，我的感觉是，自己正生活在狂野的童话故事中。推推搡搡，嘎嘎作响，噼里啪啦，各种尖叫、跺脚和嗡嗡声，一切都混在一起。随着马车轮子的轰响，人、孩子、姑娘、男人和优雅的女人、老人和残疾人、头部裹着绷带的伤者，车水马龙，川流不息。有轨电车的车厢像塞满人的盒子。小公交车像一个蹒跚的大甲虫，晃晃悠悠地开着。敞篷观光车像一座移动的观察塔，乘客坐在高高的座位上，仿佛正从街上那些跑跑跳跳擦肩而过的行人脑袋上飘过去。街上的人群，新来的拥出，过往的消失，来来往往，熙熙攘攘。马车哒哒驶过，绅士淑女乘坐的马车匆匆驶过，漂亮马车上女士头上的羽毛随着马蹄的跳跃不停地摆动。全欧洲的各种人等都聚集在这里。高贵与卑贱同行，人们行色匆匆，却不知到何处去；从他们走来的地方，又走来另外的人，他们同样不知道自己从何而来。有时，有人以为可以猜一猜，这些人从何而来，并为自己所付出的努力感到欣慰。

阳光仍然普照一切。它照在一个人的鼻尖儿，照在另一个人的脚尖儿上。女人裙下露出的裹在铮亮皮鞋里的纤细脚尖儿，令人想入非非。小狗也在马车里，蹲在尊贵的老妇人腿上悠哉逍遥着。迎面而来的是一对又一对压入衣裙的大奶子，一颤一颤的。除此之外，十分显眼的还有叼在男人嘴上的一支又一支愚蠢的雪茄。人们在不可思议的大街上徘徊，拥挤的人潮中无人能够辨识，谁是刚来的、谁即将消逝。晚上六点到八点的大街，行人熙熙攘攘，街道别有风情。这时候上流社会的绅士淑女都出来散步，在这个光怪陆离永无止境的的众生洪流中，我又算什么呢？有时，这些攒动的脸庞被夕阳的余晖染上了一抹梦幻的微红。要是灰蒙蒙的阴天，或者下雨呢？那么所有这些人，包括我在内，我们这些梦中人立刻就会被另一种东西所笼罩。在那种状态下即使寻找，永远也无法发现美好和正义。这里的一切都在寻求，一切都在渴望财富，渴望童话般的幸福。脚步匆匆的人们。不，他们似乎能控制自己的一切，但控制不了自己的贪婪。他们的眼中闪烁的贪欲正在折磨他们，让他们内心不安，让他们更着急。然后，一切重新沐浴在正午炎热的阳光里。一切仿佛都沉睡了，马车、马匹、车轮和噪声。人们困惑地看着眼前的一切。那些高得快要倾倒的房子仿佛正堕入梦中。女孩儿们匆匆经过，提着她们的包裹，让人忍不住想跟她们搭讪。当我回到学校时，克劳斯坐在那里，嘲笑我。我跟他说，人有必要或多或少地了解一点这个世界。

"了解这个世界？"

克劳斯说着好像陷入了沉思。接着，他又轻蔑地笑了笑。

我到学校后，大约是第十四天，汉斯出现在我们的寝室里。汉斯是地道的农民儿子，就像格林童话书中描写的那种。他的家乡在麦克伦堡的乡村，他浑身上下散发着花草清香的同时，也发散着牛圈和农场的恶臭。汉斯瘦高、粗犷，说着一种奇怪但又和善的乡下话。假如我拿出耐心，捏住我的鼻孔，我还算喜欢汉斯说的乡下话。不，我捏住鼻子，与汉斯闻起来清香或者恶臭无关，捏住自己敏感的鼻子，对我来说，就是捏住了精神的、文化的、灵魂的鼻子，这是一种不由自主的本能，根本不是想羞辱好汉斯。再说，汉斯也注意不到这类事情，这个乡下人的感知很迟钝，因为他太健康、太朴素了。人们全神贯注地观察汉斯时，会发现他和地球本身，和地核以及地表上的沟壑没有什么不同。他们是类似的存在，这一点即使不全神贯注也不难发现。汉斯不会引发什么深刻的思考，不用琢磨也能看透他。对我来说，汉斯绝对不是无足轻重的，绝对不是，但他离我有点儿远，一远离就有那么一点儿微不足道。人们不会拿汉斯当回事，因为他身上没有任何让你无法忍受的地方。他就是格林童话中描绘的那种农民孩子。

你把汉斯看得很轻，因为他没有什么令人难受的感觉，而只有类似的感觉才会引起感情。格林童话里的农家男孩。一望便知，他身上具有日耳曼古老的给人好感的本分和品德。这是价值连城的优秀品质，与这样的人成为朋友更是值得。汉斯在未来的生活中只会努力工作，绝不会悲苦叹息。他无法察觉啥是劳苦，啥是忧虑和不幸。他周身充满了力量和健康。此外，他长得一点也不丑：我必须马上自嘲一下——我能在每件事的外表和每件事的内在，发现一些微不足道的漂亮。我喜欢我所有的同学，喜欢他们受苦，我身边的伙伴儿们，我的同学们，所有。

我天生就是城里人吗？很有可能。我几乎从不让自己震惊，也不让自己麻痹。除了偶尔的一时冲动，我身上总有某种无法言说的冷静。我在六天之内，就把外省乡下人的气息清理干净了。再说，我生长的城市虽然很小很小，但也算是世界名城。我对城市的本质和对城市的感觉，可以说是和母乳一起吸入的。从小我就看惯了喝醉酒大呼小叫的工人在大街上摇摇晃晃。很小的时候我就觉得，自然是远在天边遥不可及的存在。我可以没有大自然，是不是也不用有上帝？善良、纯洁和崇高，它们都藏在迷雾中的某处，宁静，非常、非常宁静地引领我们，而我们带着同样冷静和阴暗的心情崇信和膜拜，这么说吧：我已经习惯了这样。

有一天，当时我还是个小孩子，看到一名工人泡在血泊中，身上有多处很深的刀伤。最后这个人死在墙下。还有一次，那是在拉瓦科尔的时代，年轻人都在疯传，炸弹很快就要扔到这里了，等等，诸如此类。这些旧日时光。我想说的是完全不同的事情，我想说说高个子彼得，彼得同学。这个高大的男孩十分滑稽，他来自波希米亚的特普利茨，会说斯拉夫语和德语。他的父亲是一名警察，彼得是在制造绳索的家族生意中长大的，他好像做过一些无用且不值得一提的事情，但我觉得他做的这些事情很好玩儿。他说，如果有人要求，他还会说匈牙利语和波兰语，但是这里没有人要求。多么广博的语言知识！彼得绝对是我们十一人中最愚蠢和最不可救药的一个，在我不算权威的观察中，他的愚蠢不仅得到了证实，而且已经显露出来，也获得了我对他愚蠢的加冕。因为我热爱愚蠢到了无以复加的程度。

我讨厌一切有求知欲的生物，讨厌一切喜欢开玩笑的生物，讨厌一切传播智慧的生物。喜欢恶作剧和诙谐的人，对我来说都是不值一提的讨厌鬼。在这方面彼得要多好有多好。他长得那么高，高得足够断成两半儿，多美啊。但更美的是他心里的那份善意，一直在他耳边窃窃私语，说他是骑士，长得像高贵优雅的轻佻鬼。最讽刺的是，他经常谈论他经历过的冒险，而这些冒险非常可能是他从未经历过的。但是，可以确定的是，彼得拥有一根这个世界上最好最精致的手杖。现在，他已经出门了，正拄着手杖在那繁华的街道上散步呢。有一次，我在 F 大街遇见彼得，F 大街是我们这个世界名城最令人瞩目的中心，彼得大老远就对我挥手、点头，同时挥舞他的那根拐杖。当我靠近他时，他用父亲般关切的眼光看着我，好像要说：

"怎么，你也在这里？雅各布，雅各布，这儿可不是你该来的地方。"

然后他就像这个世界上所有大人物那样跟我告别，像一位国际知名大报的主编那样匆忙离开我，仿佛不值得为我浪费任何一分钟。就这样，我看着他头上那顶可爱又愚蠢的小圆帽儿，像人们常说的那样，一点一点消失在人海中。彼得什么都学不进去，而他又是最需要学习的那个人。他进入本雅曼塔学校好像仅仅为了让他美妙的愚蠢更加光鲜，也许，在这里他还能让他的愚蠢从本质上提升一个层面，让自己比过去更蠢，谁说他不可以像孔雀开屏那样舒展自己的愚蠢？打个比方，我非常确信，彼得会在以后的生活中取得巨大的成功，但并不多见的是：我不嫉妒，甚至想祝愿他的成功。是的，我会走得更远。我有一种感觉，一种令我安慰、心里发痒但很愉快的感觉——有一天我会得到一个像彼得那样的主人、主子或者上司，因为像他这样愚蠢的人命里注定飞黄腾达，注定会过上好日子，注定可以对他人发号施令，而在某种意义上，像我这样聪慧的人，要让内心不停翻涌出的聪慧和良知，在伺候他人的过程中绽放和枯萎。我，我将成为一个微不足道的存在。这种感觉，刚在我心里露头儿，就变得根深蒂固。我的上帝，我居然还有勇气，还有如此多的勇气活下去？我到底怎么了？有时我甚至有点害怕自己，但不过一个闪念而已。不，不，我相信自己。我既害怕又相信自己，这不是有点儿滑稽？

我对我的同学富克斯只有一个能落实到语言上的说法：富克斯是歪的，富克斯是斜的，他就是一个邪门歪道。他说话像一个失败的歪脖树，他的一举一动像一个被捏出人形的大假人儿。他身上的一切都令人反感，因此无人对他上心。谁想了解富克斯，都是滥用精力、白费精力的。认识这样的流氓，只有一个目的，就是鄙视他们；但是，有些人不愿发现和承认那些被鄙视的事情，索性就装作看不见那些事情。是的，富克斯就是这样的事情。哦，上帝，今天，我必须说坏话吗？我几乎为此恨自己。哦，换个话题吧，说点好事儿吧，我很少见到本雅曼塔先生。有时我走进他的办公室，弯腰鞠躬几乎头拱地，我说：

"您好，校长先生。"

然后我问这个板着脸正襟危坐的人，我是否可以离开。

"你写履历了吗？写得怎么样了？"

有人问我。我回答：

"还没写。但我会写的。"

本雅曼塔先生走到我面前，走到我站着的那个窗口前，用他的拳头在我的鼻子前挥舞。

"你会按时写完的，小伙子，或者，你很清楚，不写完意味着什么。"

我明白他的意思。我再次向他鞠躬，离开那里。奇怪的是，我居然如此有兴趣去激怒有暴力倾向的人。难道我真的那么渴望被本雅曼塔先生教训一番？我心里是不是活着一种奴性？一切，一切的一切，那些最卑贱和最无尊严的一切，都活在我心里吧。好吧，现在我马上就要动手写履历了。我认为本雅曼塔先生非常漂亮。漂亮的棕色胡须很有男子气概，有男子气概的棕色胡须？我真是一个傻瓜。不，校长先生并不漂亮，也没有任何男子气概，但在这个人的背后，人们可以猜出几分命运的打击和生活的艰辛，这种磨难之下的人性，几乎闪烁着神性的光辉，是这种神性让他变得漂亮。真正的男人从来都不表现在漂亮的外表上。一个留着非常漂亮胡子的男人，不是歌剧演员就是百货公司高薪的部门经理。只有那些不是真爷们的男人才会在这样的外表下显得漂亮。当然，也有例外，也有一些能干的男人，有着华丽的外表。本雅曼塔先生的脸和手（这双手我已经领教过）像多节的树根，这些树根不止一次经历过悲伤的时刻，不得不经受各种无情的打击和破坏。假如我是一位高贵而睿智的女士，我会知道如何推崇和表彰这位看似既可悲又可怜的校长先生，但一如我怀疑的那样，本雅曼塔先生根本不跟主流社会交往。实际上，他总是坐在家里，某种程度上十分坚定地把自己封闭起来，爬进"孤独"中。这位本是高贵而聪明的人不得不过着一种孤寂的生活。一定发生过某些事件，影响了他的性格发展，甚至给他带来了毁灭性的打击。但谁知道，到底发生了什么？本雅曼塔学校的一个学生，又能知道什么呢？但我至少一直在研究这些事情。为了研究，绝不是不为了别的目的，我才经常走进那个人的办公室，问一些鸡毛蒜皮的问题，比如：

"我可以出去吗，校长先生？"

是的，这个人吸引了我，引起了我对他的极大兴趣。

那个女老师也引发了我的兴趣。是的，为了从一切谜团中找出答案，我故意招惹他，让他不小心说漏嘴，泄露一点儿秘密。如果他打我，对我又能有什么伤害呢？我对此探索的欲望已经变成了美妙并且压倒一切的激情，我必须让他说出点儿什么，哪怕因此会引发这个奇怪男人的不快，哪怕他因此会伤害我，这些跟我的激情比起来，简直微不足道。哦，我已经开始做梦了，赢得他的信任，简直是太好了，太棒了，令我深深陶醉。可惜，这需要等好久好久，但我深信不疑，总有一天我能钻进本雅曼塔一家的秘密中，最终解开一切谜团。秘密有一种令人难以战胜的魔力，这魔力散发着无法言说的美妙芬芳。谁知道，谁又真的知道呢，哎……

我喜欢大都市的噪声和永无完结的人潮涌动。无法停止的那些已经发生的事情渐渐变成习俗。比如小偷，当他看到街上这些生龙活虎的人们，他会不由自主地想起自己是怎样的无赖，而那些投向他的快乐、飘忽的眼波，仿佛也为他破败堕落的灵魂注入了一线向善的契机；喜欢吹嘘的人，假如看到人群中这种自生的力量，可能会变得稍微谦虚，并且深思熟虑；笨拙的人，满眼看到的都是比他灵巧的人，他会骂自己是个蠢蛋，已经笨到如此地步，还毫无自知，恬不知耻地继续傲慢。大都市用自己的方式教育人、培养人，完全用不着书本上那些枯燥的说教。这里没有什么专家，那些被鼓吹的高深学识在这里也不过是下三滥。大都市里有很多能够激励你、支撑你和帮助你的东西。但如何好好地、讲究地生活，想把这个说清楚又是那么困难。

一个人能在大都市里过上简朴的日子，就已经感激不尽了。人们总是或多或少地感激那些驱使他们，让他们变得忙碌的事情。有时间可以浪费的人，天生就是忘恩负义的蠢人，他们不懂得时间意味着什么。在大城市里，每个跑腿的人都懂时间的宝贵，每个卖报纸的人都懂如何有效地利用时间贩卖。与这些匆忙相对照的是如梦如幻的情景、如诗如画的风景和盎然的诗意。人们一如既往地忙碌，彼此急匆匆地擦肩而过。现在，这些存在别有意味了，川流不息的人群仿佛被注入了灵魂，刺激我们的思维，引发我们的思考。当你徘徊踌躇之时，成百上千的事物已经从你脑海或眼前掠过，这足以清楚地表明，你是怎样的一个不作为同时得过且过的人。

大都市里的匆忙是一种普遍的存在，因为人们认为，每时每刻都应该用来追赶和奋斗，这样的匆忙才是美好的。生活因此有了令人激动的节奏，伤痕和痛苦在这里变得更难忍受，因为，这里的快乐比其他地方更强烈，持续得更长久，道理很简单，谁在这样的地方得到快乐，一定是用工作的艰辛和酸楚换来的。看，那些精致栅栏围起来的花园，静谧而失落，像英国寂寥花园的一角。与此毗邻的是熙熙攘攘的车水马龙，熙攘压过了寂寥，仿佛生活中从不存在什么风景或梦幻的感觉。轰鸣的火车驶过颤动的铁路桥。到了晚上，富丽堂皇的商店橱窗发出高雅诱人的光芒，人潮重新涌动起来，经过橱窗中被制造出来的精美商品，它们展示着财富。

是的，这一切对我来说，看似都很好，也很了不起。置身在人流汇聚的漩涡中，被冲击、被感染，我有了某种赢的感觉。我稍微花点气力，就能从腿上，从手臂上，从胸口那里直截了当、轻而易举地体会到生活的价值，这些价值优雅地蠕动在生活的平凡之物中。早晨，一切仿佛重新绽放了活力，到晚上，一切再次落入崭新的从未体验过的梦幻和虚无中。这些都充满了诗意。假如本雅曼塔小姐能够读到我此时写下的文字，她一定赞同我的看法。至于克劳斯，他的看法可以忽略不计，因为城市和乡村对他来说，并无感觉上的差别。无论在哪儿，克劳斯首先看到的是人，然后看到的是人的职责，最后他能想到的就是如何攒钱，把攒下的钱寄给他妈妈。克劳斯经常给家里写信。

他接受的教育让他保留了人最基本的教养。大都市的喧嚣带给他的只有破灭感，让他心灰意冷。克劳斯有一个正义、温柔同时坚定的人类灵魂。

我的照片终于冲洗出来了。照片拍得很成功，照片上的我，精力非常非常充沛地望着这个世界。克劳斯为了气我，说我看起来像犹太人。最后，他自己还是憋不住笑了。

"克劳斯，"我说，"你好好想一下，犹太人也是人。"

我们为犹太人有价值还是没有价值吵得不可开交。我很惊诧，对于犹太人克劳斯居然有那么多好想法。犹太人都很有钱，他说。我点头，我同意，我说：

"是金钱使人成为犹太人的。一个贫穷的犹太人不是犹太人，而富有的基督徒，仍然是最糟糕的犹太人。"

我边说边吹口哨，克劳斯点点头。终于，终于，我得到了一次这个男人的认可。可他又生气了，认真地说：

"不要老是八卦，什么犹太人和基督徒，哪有那些区别。人群中只有乱来的人和守规矩的人。事实如此，雅各布，你不相信人就是这样的吗？你觉得自己是什么样的人？"

接下来，我们又聊了好长时间。哦，克劳斯很喜欢跟我聊天，我早就知道。他有善良、雅致的灵魂。他只是不愿意承认这一点而已。我喜欢那些不说心里话的人。克劳斯是很有性格的人：这一点我们大家都很清楚地感觉到了。另外，我还得说一下，我确实写完了我的履历，但我又把它撕掉了。本雅曼塔小姐昨天警告我，要我更专注，更听话。关于专注和顺从，我是有美好想象的，而且我想象的特别之处就在于：我不具备我想象中的专注和顺从的美德。这两种美德只存在于我的想象中，一旦我要将它落实到行动上，会发生什么？谁能想到会发生什么？想到了又能怎么样呢？不是吗？难道不会发生意料之外的事情吗？不会一事无成吗？那些人们不希望的事发生得还少吗？！

顺便提一下，我是粗鲁之人。但我崇拜骑士的精神和风度，不过这种崇尚只限于特定情景，比如女老师进门前，跑过去给她开门，这种时候，还坐在桌边一动不动的人才是傻瓜呢。旋风般冲过去给女老师开门，跃跃欲试地显示自己乖巧的又是谁？当然是克劳斯！克劳斯从头到脚都是一个骑士。他应该生在中世纪，非常遗憾的是，十二世纪不能卷土重来，为他提供用武之地。克劳斯是忠诚、无私奉献、默默臣服、完全无我的化身。他从不评判女士，而是完全崇拜她们。快速捡起女人们不慎掉在地上的东西，并同样迅速递还给她们的人是谁？奔出房子听凭差遣的人是谁？给女教师拎包的人又是谁？谁在自愿擦洗楼道和厨房，不需要任何人命令？谁做了这一切不求任何回报？谁能如此神圣地在心底感到如此巨大的快乐？他叫什么名字？啊，我已经知道了。有时，我真想被这个克劳斯揍一顿。但像他这样的人，怎么可能打人呢？克劳斯心里只有正义和善意。这么说一点都没夸张。他从来没有过恶意。他眼神中的善良令人敬畏。在这个以谎言、虚伪为主导的世界上，这个人究竟想干什么呢？当人们看克劳斯时，会不由自主地意识到，谦虚二字在这个世界上已经不可挽回地丧失了。

我卖掉手表是为了有钱买烟。没有手表我能活，但没有烟草我活不下去，这虽然很可耻，但对我，这是无法战胜的诱惑。我必须想办法弄到一些钱，不然我很快就没有可以换洗的干净内衣了。干净的衬衫领子对我是必需品。一个人的幸福并不取决于这些东西，但确实又取决于这些东西。幸福吗？不，这有点扯远了，但人至少应该是体面的。整洁本身就是幸福。我在胡说。我多么讨厌所有准确恰当的词语。

今天，本雅曼塔小姐哭了。她为什么哭呢？上课的时候，她的眼泪突然夺眶而出，我很感动，这在我是很少发生的。无论怎样，我是非常敏感的。我喜欢观察那些不发出声音的事情。我很在意这样的存在，它们让生活更加美好，要是忽视它们的存在，也就没有生活了。很显然，本雅曼塔小姐正经历某种悲伤，而且一定是很强烈的悲伤，否则不可能让自己失态，她是很懂得如何控制自己情绪的人。我必须弄到点儿钱。顺便说一句，现在，我终于写完了我的履历。其内容如下。

履　历

本人，雅各布·冯·贡滕，守法父母的儿子，生于某日，长于某处，现乃本雅曼塔学校的学徒，学习几手必备的常识，以便日后成为某人的仆人。就个人来说，对生活不抱什么希望。只希望日后能遇到严苛的主人，从而体验什么叫精神抖擞、时刻需要振作自己的境界。雅各布·冯·贡滕不喜欢承诺什么，但他会严格要求自己，恭顺、正直地待人接物。冯·贡滕家族是一个古老的家族。早期，他们都是参战的战士，随着时间的流逝，他们对争斗的欲望已经减弱，如今他们从政和经商。而这个家族最年轻的一代，也即是本履历所涉及的本人，已决定放弃家族昔日的辉煌。他希望接受生活的教育，而不是被世袭家族的传统熏染。他当然为他的家族感到自豪，否认自己出身的高贵是不可能的，但他对自豪感的理解是崭新的，是与他所处的时代相吻合的。他希望自己能跟上潮流，能在做仆人方面表现出众，而不是笨手笨脚，他希望自己成为有用的人。这么说他其实撒谎了，因为他不仅仅希望如此，而且他可以断言，并知道自己也能做到这些。他有一种善于挑战的意志，他的祖先桀骜不驯的劲头在他身上仍然有所残留，不过，他请求，一定要在他桀骜不驯的时候对他发出警告，如果警告没有用，那就惩罚他，因为他相信，惩罚肯定有用。

至于其他方面，首先必须知道怎么对待他。写下这份履历的人相信，他可以胜任任何场合和任何境况，只要有人命令他就行，至于命令指使他的方式方法，他无所谓，因为他坚信，认真完成任何一项工作对他来说，与无所事事又很焦虑地坐在家里烤火相比，都是更大的荣誉。一个冯·贡滕家族的人是不会坐在炉子后面虚度光阴的。如果这个恭顺的履历书写者的祖先曾经挥舞骑士的荣誉之剑，那么他们的后代一定会以热切的心情行动起来，证明自己将发扬光大家族的传统。假如有人嘉许他的勇气，那么，他的谦虚便是无止境的，他侍候人的热情无异于他对此的雄心壮志，他因此鄙视所有妨碍他服务、妨碍他行动的荣誉感。过去在老家时，他把历史老师，一位受人尊敬的梅茨博士打了一顿，他对自己愚蠢的暴行至今心怀歉意。今天，他渴望在勤劳做工这块坚不可摧的岩石上，彻底砸碎他心灵深处的傲慢和自负。他懂得沉默是金，不该泄露的秘密，他不会多说一个字。他既不相信存在天国，也不相信有地狱。让他人满意就是他的天堂，相反就是悲伤并且足以毁灭他的地狱，不过他坚信，人们对他、对他为他们所做的一切，都会感到心满意足。这种坚定的信念足以赋予他勇气，让他成为他自己。

雅各布·冯·贡滕

我已将履历交给了校长先生。他读完了，我感觉他甚至读了两遍，我所写的一切，他似乎很喜欢，因为他的嘴角出现的东西很像微笑。哦，当然，我能很敏锐地观察我的主人。他或多或少还是微笑了，这是不可改变的事实，而且仍然是一个事实。最终，他还是显露了某种人情味儿。为了让他露出一个有人味儿的微笑，我就像完成了一个巨大的飞跃，为了让这个我无比尊崇的人感动，我付出了怎样的气力。我刻意将我的生命历程写得如此骄傲和大胆："读吧。"故意地、蓄意地，我把我的生命历程写得如此傲慢和厚颜无耻：

"读一读吧。意下如何？您会不会气得要把这份履历扔到我脸上？"

我当时就是这么想的。但他狡猾地笑了，笑得很优雅，这个狡黠的校长先生，唉，很遗憾，对他，老天在上，我只有崇拜的分儿。我已经充分意识到了这一点。我只赢了一场小小的前哨战。今天我还得再给他来个恶作剧之类的举动。否则我会笑死，会笑疯。但是校长的妹妹在哭？怎么回事儿？为什么我如此幸福快乐？我疯了吗？

现在我必须叙述一些令人难以置信的事情。但我所说的一切又是绝对的真实。我有一个兄弟住在这个巨大的都市里，他是我唯一的兄弟，在我看来，他是一个非凡的人。他叫约翰，是一个有名气的艺术家。我对他目前在这个世界上所处的地位一无所知，因为我一直避免去拜访他。我不会去找他。如果我们在街上偶然相遇，他认出我并向我走来，那不错，我会很高兴与他兄弟般地用力握手。但我绝不会期盼这样的偶遇，一辈子也不希望发生这样的事。我是什么人？他又是什么人？本雅曼塔的学生都是什么人？我都知道，我都一清二楚。我们这些学徒就是优秀的零蛋，除此之外啥也不是。但我兄弟现在怎么样，我无法知道。他周围也许都是优雅、受过良好教育的人，天知道这些人都是何等的拿腔作调。虽然我是一个在乎举止的人，但我不喜欢拿腔作调，这也是为什么我不去找他，我受不了他做出绅士模样，对我这个兄弟强作欢笑。

我过去就非常了解约翰·冯·贡滕。他和我一样是个头脑冷静、善于计算的人，他也和所有贡滕家族的人一样，但他比我大很多，作为兄弟，我们之间的年龄差异是不可逾越的。无论如何，我不会轻易给他教训我的机会，但这正是我所担心的，这是他无论如何都要做的事。如果他看到我，看到我在他面前如此贫穷和卑微，对他这个过着富裕生活的人来说，无疑是一个巨大的刺激。他会让我自上而下感受到自己卑微的地位，而这正是我无法忍受的，我会立刻表现出冯·贡滕家族的傲慢，果断地变得无礼，虽然这样做的后果，是事后自己伤心暗自难过。不，一千个不。什么？接受我兄弟，接受我亲兄弟对我的悲悯？非常抱歉。这是不可能的。

在我的想象中，他过得好极了，抽着世界上最好的雪茄，舒服地靠在有钱人舒适的靠垫上，踩在标志身份的高级地毯上。我呢？是的，我内心拥有的与资产阶级不沾边儿的一切，都是和富有舒适相反的东西，而我的兄长先生也许正悠哉游哉地沉浸在最美好、最灿烂、最体面的富丽堂皇中。唯一确定无疑的是：我们不会再见面了，也许永远不会再见面了！我们的再见是完全没有必要的。没有必要？是的，让我们换个话题吧。我脑子一定出问题了，我居然像尊敬老师那样，用"我们"称呼彼此了。我兄长周围都是有教养、举止优雅、熟悉沙龙那一套的人，Merci①。哦，多谢了，我高攀不起。假如我去拜访，肯定会有什么贵妇人，把头探出门外尖酸地问：

"是哪位大驾光临？什么？不会是乞丐吧？"

对这样的接待我只能表示最诚挚的感谢。我太傲慢了，对这样的怜悯无法受用。房间里有芬芳的花朵！哦，可惜，我完全不喜欢花。孤芳自赏？真的丑陋。其实，我很愿意，非常愿意见到我哥哥。但我想象我们见面是在另外的情形下，我非常想见到他。但如果我看到他被虚伪的堂皇和舒适包围着，兄弟之情就没了，我除了假装高兴，

---

① 法语的"谢谢"。

别的也做不了什么，他也一样假惺惺的，所以还是不要再见。

上课的时候，我们这些学生，呆呆地坐在那里，大眼瞪小眼儿，一动不动。我感觉，我们用手摸摸鼻子都不被允许。我们的双手要安静地放在膝盖上，上课时不许拿到桌上。手，是人类虚荣心和贪婪的微妙证据，所以它们最好藏在桌子下面不被人看见。我们这些学生的鼻子有很多精神层面的相似性，它们或多或少都往上使劲儿，往上翘，好像这样面对混乱生活，可以时刻保持清晰的洞察力。我们这些学生的鼻子应该是迟钝甚至堵塞的，这是无所不在、无所不包的校规规定的，事实上，我们所有的嗅觉器官都已经谦卑、羞愧地弯垂了，它们像被锋利的刀子裁掉了一截儿。我们的目光总在凝视充满思想的空无，这也是校规强调的。其实，人根本就不应该长眼睛，因为眼睛总是胆大妄为，对什么都好奇；妄为和好奇，从任何正常的立场看，几乎可以被认定为蠢行。相当有意思的是我们这些学生的耳朵。它们不敢听，尽管它们那么渴望听。它们总在微微抽搐，好像会有人突然从后面把它们揪住，往两边扯。可怜的耳朵们，它们无法躲避这恐惧。假如喊叫和命令传进这些耳朵，它们就会像被拨动被扰乱的竖琴一样，哆嗦和颤抖。有时，这些学生的耳朵们很想睡上一小觉儿，但想象一下它们被唤醒的情景吧！那是怎样的快乐啊！不过，我们身上被驯化得最好的部分是嘴，它们已经学会谦卑顺从地闭上。这是非常确凿的真理：张开的嘴，表明一个正在打哈欠的事实；同时还表明，它主人的思想正在它处神游，心思根本没在需要他集中精力的领域和疆域。紧闭的嘴还表明耳朵正张开在警觉地倾听。因此，鼻子小窗口下的那张嘴必须谨慎地闭住，紧紧锁住。张开的嘴就是没有门的乌鸦嘴，什么都说的结果就是什么人都了解你。嘴，不应有舒适放松的状态，不应该在自然的状态下绽放出放荡和炫耀的笑容。相反，它们应该时刻抿住、绷紧，以此坚定地表明，自己要么放弃要么期待的态度。我们这些学生都是这样做的，按照现有校规的规定，严厉、残酷地封住了自己的嘴，这也是为什么我们看起来都像表情严肃的指挥官一样。众所周知，任何一个军官都希望他士兵的表情和他一样严肃，这才能和他保持一致，通常来说，这是军官有幽默感的表现。严肃地强调一下：听命于人的服从者，通常看起来和指挥他们的发号施令者有相似的表情。就像仆人只能模仿主子的表情，模仿他们的腔调，这样才能衷心地复制主人的一举一动，进而发扬光大它们。

我们令人尊敬的本雅曼塔小姐完全不是这样粗鲁的军人，与那些人正相反，她经常微笑，是的，她有时还允许自己尽情嘲笑我们这些死守规矩像土拨鼠一样的小崽子。她甚至期待我们也能平静、不改变自己面部表情地笑她；我们也确实像她期望的那样做了。我们假装听不见她银铃般甜美的笑声，面无表情地"笑"。我们是一群什么样的怪人啊！

我们的头发总是梳得整齐、油亮，每个人头顶那个小世界上都要分出一条笔直的叉，宛如一条进入黑色或金色头发地的小径。这些都是必需的。梳分头也是校规的条文之一。因为我们都梳着同样迷人的发型，所以，我们的长相看起来也都相似。如果一个作家来学校访问我们，看我们这样子，研究我们身上同时散发的神圣感和渺小感，说不定他会笑死，他最好还是待在家里，别出来。这些人都是牛皮大王：他们装出研究、观察、描摹他人的生活！人活着，只能自己观察自己。顺便提一嘴，我们的本雅曼塔小姐会怎样对待那些到处流窜、写写风花雪月狗屁文章的作家呢？假如他们溜进了我们学校，她一定会让我们给他们来个惊掉下巴的接待，让他们直接晕倒在地。然后，我们这位既有爱心又自恋自负的女老师，也许会对我们说：

"去，把这位先生从地上扶起来吧。"

　　当然，我们这些本雅曼塔的学生不会忘记告诉这位不速之客，门在哪里。接着，这个对什么都好奇、长了作家毒瘤的蠢货便再次消失。不，这些都是瞎想。来我们这儿的绅士都是要雇用我们的大老爷，怎么可能是那些耳朵后面夹鹅毛笔的作家呢。

　　我们学校的常态，要么根本没有老师，要么就是老师总在睡觉，其余的就是看上去已经忘记自己职业的所谓的老师。也许他们正在罢工，因为工资没到手？每当我想起他们潦倒的样子，对自己潦倒无感的昏沉，心里总是不由得升起某种奇妙的感觉。在那间专门为静思而准备的房间里，他们坐在那儿，靠墙倚在那儿昏沉着。他们中的一位先生叫瓦赫里，是所谓的自然史老师。他有种本事，即使睡着了，嘴里的烟斗仍然牢牢地叼着。非常遗憾，与当老师相比，他更适合养蜂。他身边那位，脑壳通红，一双苍老的手又胖又软，难道他不是我们尊敬的法语老师布洛什先生吗？是的，就是他。他一要打瞌睡时，就会撒谎，他是一个可恶的骗子。甚至他讲课时也是满嘴谎言，像一个纸面具。他看起来那么苍白，但又那么坏。他长了一张丑脸，嘴唇厚而坚硬，面目狰狞：

　　"你睡着了吗，布洛什先生？"

他没听见。布洛什先生从根儿上说绝对遭人厌恶。那个，在那儿的那个又是谁？斯泰克神父？那个又瘦又高的宗教课老师斯泰克神父？见鬼，是的，真的是他。

"您睡着了吗，神父先生？好吧，接着睡吧，您睡觉并没妨碍什么，除了耽误上宗教课。不过宗教，您看，如今宗教啥用没有。上宗教课睡觉比什么宗教都更宗教。人睡觉的时候，很可能是离上帝最近的时刻。对此，您怎么看？"

斯泰克先生没听见。我换个地方瞧瞧。嘿，这又是谁？选了这么舒适的地方开睡？是麦茨先生吗？麦茨博士，教罗马历史的那位？是的，是他，我从他的山羊胡上认出了他。您看上去有点生我气了，麦茨博士，接着睡吧，好好睡，忘掉你和我之间发生过的不愉快吧，别把恼怒弄进山羊胡里。顺便提醒您一下，安心地睡吧，这对您只有好处。现在的世界开始围着钱转，不再是围着历史转了。您向我们兜售的那些古老的英雄美德早就过时了，您自己清楚吧，这些破烂儿没用了。不过，我还是谢谢您给我留下的某些美好印象，祝您睡个好觉。

这个又是谁？我看到的难道不是冯·拜尔格先生？这个喜欢折磨男孩儿的拜尔格先生，似乎睡得挺安心。他在假装做梦，但我们都忘不了他有天堂般美好的嗜好：用木棍给我们的"爪子"狠狠地挠痒痒。或者他命令我们"向前撅腚",然后用海芦苇小鞭子，把"礼物"抽在我们这些可怜孩子的后背上，这是他的一大享受。优雅的巴黎玩法，却很残酷。这个人是谁？高中校长维易斯先生？太好了。和遵纪守法的人在一起，我们不需要久留。下一个，这个人又是谁？布尔？布尔老师？

"能见到您，我很惊喜。"

布尔是欧洲大陆上最杰出的数学老师。对我们本雅曼塔学校来说，布尔先生太自由、太奔放、太有思想。无论克劳斯还是别的学生都不配做他的学生。他太出色了，对我们的要求也太高。我们学校不需要这种过分的提升。我一定是在做梦，居然梦见了我家乡的那些老师？在家乡的高中，有很多可以学习的知识，而这里教的都是和知识无关的东西。我们这些学生正在这里接受的是完全不同的教育。

我马上就能得到仆人的职位吗？希望如此。在我的想象中，我履历上的照片和自我介绍加在一起，一定会给人留下好印象。最近，我和西林斯基一起去了家一流的音乐咖啡馆。西林斯基的整个身体因为羞涩不停地颤抖。我的举止表现倒像他的慈父。那个跑堂儿的居然胆敢从上到下地把我们好一番打量，才让我们入座；当我做出严厉的表情提醒他，好好为我们服务，最好让我们满意，这时，侍者马上变得彬彬有礼，用打磨精致的高脚杯给我们送来了淡啤酒。看见了吗？必须有人给他们打个样儿。谁心里清楚，如何把握派头体面的分寸，谁就会被当成绅士对待。要学会控制局面。我很懂如何把头往后甩，好像我很生气，根本不是，我只要做出稍有惊讶的表情。我会四下瞥两眼，表情仿佛在说：

"这里到底怎么回事儿？不好吗？给人感觉不舒服吗？"

这就够了，立刻奏效。我的这一套在本雅曼塔学校同样效果良好。哦，我有时感觉，我有非凡的能力，可以随意玩弄地球和地球上的一切。忽然间，我懂了女人可爱的本性。跟她们打情骂俏让我惬意，我在她们轻浮琐碎的小动作上，在她们的闲言碎语间发现了深刻的意义。当她们把酒杯凑近朱唇时，或者她们卖弄地撩起裙边儿时，她们的灵魂在可爱的高跟儿小靴子里嗒嗒作响，假如你不懂女人，你就永远不理解这一切的含义。她们的笑容简直就是两者，既是一种愚蠢的习性，又是世界历史的一部分。她们的傲慢和无知是迷人的，比经典的作品更令人着迷。她们的不道德往往是阳光下最道德的表现。假如她们生气了，生气？没错儿！只有女人才知道如何生气。哦，别出声儿。我想到了妈妈。在我的记忆深处，她生气的样子多么的神圣啊。安静，肃静吧，本雅曼塔的学生怎么可能知晓这些事情呢?

　　我按捺不住自己，还是走进了校长办公室，按照惯例，我给他深鞠了一躬，对本雅曼塔先生说:

　　"我有胳膊、有腿、有手，本雅曼塔先生，我想工作，因此我冒昧地请求您，尽快为我找一份真正的工作，让我挣到钱。您有各种各样的关系，我知道。那些来找您的高贵绅士，那些穿领子镶宝石大衣的老爷，那些佩带军刀的脚步匆匆的军官，那些咯咯笑着如浪花扑面而来的小妇人，那些腰缠万贯的老妇人，那些用一百万买半个微笑的老先生，那些有地位但没脑子、开着汽车来来往往的人，总之，校长先生，整个世界正向您走来。"

　　"不得无礼!"

　　校长警告我，但我对他的警告没感觉了，面对他的拳头我不觉得自己有什么无礼举动，我毫无恐惧继续说，话语简直就是直接从我嘴里飞出来的:

　　"请您无论如何，不管以何种方式，务必给我找一份随便什么样的工作，只要让我感到刺激就行。顺便说一下，我的看法是，所有的工作都具有刺激性。我已经从您那里学到了很多东西，校长先生。"

他如父亲一般平静地说：

"你啥也没学到。"

于是，我接过话茬说：

"上帝已经亲自下命令了，让我投入生活。但上帝又是什么？您才是我的上帝，校长先生，如果您允许我出去挣钱，去赢得尊敬，那么您就是我的上帝。"

他沉默了一会儿，然后说：

"你现在马上滚出我的办公室。马上！"

这让我非常恼火。我大声喊道：

"我以为我在您身上看到了一个杰出的人，但我搞错了，您和您周围人一样平庸。我这就上街，随便劫个什么人。有人逼我犯罪。"

话出口的同时，我也意识到了自己面临的危险，但我已经一步窜到了办公室的门口，不顾一切激愤地喊道：

"再见了，校长先生！"

说完，我以不可思议的柔软姿态闪出办公室。我在走廊上停下，从钥匙孔倾听办公室里面的动静。那里的一切静悄悄，像一只安静的老鼠。接着，我走进教室，沉浸到我们的教科书中——《男校的培养宗旨是什么？》。

我们的课程由两部分组成，一个是理论部分，一个是实践部分。但这两部分在我看来，至今仍如梦幻，像一个毫无意义同时又非常有意义的童话故事。我们课程中最重要的一项学习就是背诵，这个我学得很轻松，克劳斯却学得很辛苦，所以他总在学习。克劳斯需要克服的首要困难，就是解开他勤奋的谜团，然后才能看到解决方法。他的记忆力很差，但只要他付出千辛万苦的努力，就能记住所有的东西。所有他记在脑海里的一切，就像刻在金属上一样铭记在他的脑子里，永远不会再忘记。对此，费点儿劲，出点儿汗对克劳斯来说都不在话下，所以本雅曼塔学校非常适合克劳斯。我们学校的原则之一是：很少，但很精。现在看，克劳斯被卡在这个原则中了，因为他天生长了一个花岗岩般的笨脑壳。少学，反反复复地学，渐渐地，我也开始明白这个原则背后隐藏着一个如此粗野的世界。这个前提下，有些东西确实需要牢记，铭刻在心，永远不忘。我充分意识到，这种铭记首先是多么重要，其次是多么好，最后是多么值得。我们教学中的实践和身体力行的部分，不管我们怎么称呼它们，其实就是一种不断重复的体操或舞蹈。如何问候他人、如何走入房间、面对高雅女士如何举止等等，这些都得练习，而且是没完没了的练习，这种练习经常是如此乏味。但也正是在这种乏味和无聊中，我感觉并捕捉到了深深隐藏的意义。我们这些学生被教育、被塑造，就像我发现的那样，不是用科学知识来完成的。人们用强迫我们的方法教育我们，让我们认识自己灵魂和自己身体的本质。人们迫使我们清楚地意识到，通过简单愚蠢的练习，控制我们，剥夺我们的拥有，这个比学习概念和含义对我们来说，更是真知灼见，对我们的修养更有好处。

对此，我们不妨这样理解，我们学会一个又一个东西，每当我们学会了什么，实际上，我们就被我们所学会的那个东西占有了，而不是反过来我们占有它们。一切都是正好相反，我们表面上似乎得到并支配的一切，事实上正在占有支配我们。我们被洗脑后坚信，对我们有益处的做法是，让自己适应那些稳固但安全的根本所在，也就是适应严格规范一切的法律和戒律，我们不仅要适应而且还要习惯喜爱它们。也许，人们借此要让我们变蠢，不管怎样，他们借此至少可以让我们感到无比渺小。但他们根本吓唬不了我们。连我们这样的小学生都知道，一个比一个更清楚，害怕是要受惩罚的。凡是表现出口吃和胆怯的人，就已经处在我们小姐的蔑视之下了，但这一点我们应该牢记，我们总是渺小的，说得更明确些，我们必须知道，我们没有什么了不起。法律，对我们发号施令；胁迫也是我们需要的，还有数不清的不可抗拒的规则，为我们指出了生活的方向和生活品位——这些才是伟大的，称得上伟大的从来不是我们，更不是我们这十一人。

现在，明白这一点的，不仅仅是我，我们每个人都明白了，我们是渺小、可怜、依赖他人的小侏儒，除了永无休止地服从，我们没有别的选择。当我们面对他人时也是这样做的：谦逊，但极其乐观地自信。我们这些人中无一例外，都是精力充沛活力四射，因为我们身处渺小、困苦的境遇，促使我们坚信，我们完全能取得这微乎其微的小成就。我们对自己的信任，就是对我们谦逊的信任。

如果我们什么都不相信，那我们就更不知道，我们得渺小到何种程度。毕竟，我们这些小青年还算是点儿什么，虽然不许我们放浪，不许我们胡思乱想，不许我们幻想，不许我们放眼未来，这些不许却保障了我们的心满意足，让我们感到欣慰，无论应对什么需要，都能迅速完成工作。这些"不许"把我们变成了合格的有用之人。我们还不了解这个世界，但我们会了解的，因为我们即将被投放到生活中去，投放到生活的暴风雨中锤炼。我们本雅曼塔学校，从宿舍到客厅到集会大厅，无处不是演练生活的预备所。

在这里，我们学习如何感受尊重，向那些做什么都傲慢仰着头的人学习，如何像他们那样行事。比如说我吧，我对一切都保持一点儿超然洒脱的态度，最后的结果，这一切留给我的印象也变得更好了。我现在就特别需要学习，对这个世界上的一切存在保持敬畏和相信，假如我不尊重老人，否认上帝，嘲笑法律，对那些崇高的和伟大的事物都嗤之以鼻的话，最终我会沦落到何种地步呢？在我看来，这正是我们目前年轻一代的问题所在。一旦要他们对义务、对戒律和限制有所付出时，他们就会咆哮和尖叫，或者跑到母亲和父亲跟前委屈地喵喵叫。不，不，我有本雅曼塔学校，它是我生活明亮的引导之星，校长先生、校长先生的妹妹，这对兄妹是我这辈子无法忘怀的人。

我还是在浩瀚的人海中，偶遇了我的兄弟约翰。我们的重逢居然非常友好。我们在重逢中表现得很随意很亲切。约翰表现得非常得体，不乏热情，我的表现一样良好。我们走进一家僻静的小餐馆，在那里聊天。

"坚持做自己，忠于自己，兄弟！"

约翰这么对我说。

"从底层做起，这不错，你要是需要我帮助……"

我做了一个不易察觉的手势，表示不需要。他继续说：

"你看，在哪个阶层生活都不容易，高处更是如此，就像人们常说的那样，高处不胜寒，你懂吧，我的兄弟？"

我连连点头，因为他说之前，我已经很清楚他要说什么，尽管如此，我还是请求他继续说下去。他说：

"在上层，总是弥漫着一种气氛，现在最盛行的就是，该做的都做了的自满气氛，这对进取心绝对是一种抑制和压迫。我希望你没完全理解我，如果你真的理解我的话，兄弟，你会很害怕的。"

我们都笑了。哦，能够和自己的兄弟一起欢笑，真的很美好。他说：

"这么说吧，你现在最多算是一个零蛋，我最好的兄弟。如果人还年轻，他就应该是一个零蛋。因为没有什么比过早地得到占有一切、过早地成功更有害了。当然，你对你自己来说是有意义的，太好了，杰出的理解，但对这个世界来说，你仍然什么都不是，这也是同样杰出的理解。我一直希望你不要太明白我所说的一切，如果你完全明白我……"

"我会很害怕。"

我打断了他。我们又笑了起来。谈话变得非常有趣。奇异的火焰开始在我心里摇曳。我的眼睛仿佛在燃烧。顺便说一句，我喜欢这种内在的灼热激励。每当这种时候，我整个头颅都变红了。脑袋里充斥着纯洁和崇高，它们完全征服了我。约翰继续说：

"兄弟，不要总是打断我。你那年轻愚蠢的笑声把我的想法都搅乱了。听着就是！留神听。我告诉你的这些，也许某一天你会派上用场。最重要的是，永远不要逆反。不要否定，我的兄弟，不存在什么值得追求的东西，在这个世界上根本没什么值得为之奋斗的事情。但是，这不妨碍你努力，你甚至应该非常努力。努力的目的是让你不对任何东西太过渴望，记住：没有什么，没有什么是值得争取的。一切都在腐烂。你明白吗？你看，我还是希望你不能全部理解这一切。我担心你。"

我说：

"抱歉，我太明智了，做不到像你希望的那样——误解你。但你不要担心我。你的启示一点都吓不着我。"

我们对彼此微笑。然后我们又点了饮料，然后呢，看上去十分优雅的约翰继续说：

"在这个地球上，的确有一些所谓的进步，但这只是暴发户散布的无数谎言中的一个，目的就是让他们更加厚颜无耻、更加肆无忌惮地从大众身上榨取金钱。今天大众是奴隶，个人是了不起的大众观念的奴隶。再也没有什么还是美好和杰出的了。为了发现美好、善良和正义，你只能去做梦。告诉我，你知道如何做梦吗？"

　　我满意地点了两下头，并做出仔细倾听的样子，让约翰继续说：

　　"一定要绞尽脑汁，尝试赚钱，最好能赚到钱，赚到很多钱。只有钱没被糟蹋，此外的一切都废掉了。一切的一切都在凋零，华丽和闪烁的外表已经被剥夺。我们的城市正以不可阻挡的趋势从地表消失。以前住宅和侯爵宫殿之间的空地，都盖了工厂大楼。还有钢琴，我亲爱的兄弟，钢琴和弹奏还有关系吗？音乐会和戏剧一个层次又一个层次不停地跌落，已经到了最低水平了。当然，那个所谓给社会定标准的上流社会还存在，但它已经没有能力再发出高雅、令人崇敬的声音了。当然，还有书……总而言之，就一句话，永远不要消沉。保持贫穷和卑贱，亲爱的朋友。甚至连赚钱的想法你都可以抛弃。把自己变成最穷的魔鬼，才是最美好的状态，才是最巨大的胜利。有钱人，雅各布，是非常不满意和非常不快乐的一群人。今天所谓的富人：他们什么都没有了。他们才是真正的饥民。"

　　我又点了点头。这倒是真的，我对他所说的一切表示赞同。顺便说一句，我喜欢约翰说的话，他的话说到我心里去了。他说的话里有自豪，也有悲伤。嗯，自豪和悲伤混在一起，总能令人感动。我们又点了啤酒，坐在我对面的约翰继续说：

"你必须抱有希望，但又不能对任何事抱有希望。高傲地扬起头，是的，有时候就是这样的，眼睛向上对你崇敬的一切表示敬意，那些你仰视的一切肯定很适合你，因为你是不知道羞耻的年轻人，但是，雅各布，你又总是向自己坦白，你鄙视你仰视的东西。你又在点头了吗？见鬼，你是一个多么善解人意的听众啊。你就像一棵长满理解力的大树。知足吧，亲爱的兄弟，要努力，要学习，如果有机会也要为别人做一些善事和好事。啊，我得走了。你说吧，我们什么时候再见面？坦率地说，我对你很有兴趣。"

我们离开了饭店，在外面的街道上道别。我的思绪追随着我的兄弟。是的，我多么高兴，他是我的兄弟啊。

我父亲有马车，有马，还有一个老仆人叫费尔曼。我母亲在剧院有自己的包厢。这个有两万八千居民的城市里，得有多少女人嫉妒我母亲啊。母亲年事已高，仍然是一个漂亮、甚至可以说是美丽的女人。我还记得她只穿过一次的那件浅蓝色的紧身裙。她撑开那把精致的白色遮阳伞。阳光灿烂。那是一个风和日丽的春天。街道上弥漫着紫罗兰的香气。人们在散步，街心的树荫下，正在举行城市长廊音乐会。一切都是那么甜蜜和明亮。喷泉溅起水花，孩子们穿着鲜艳的衣服，笑着玩耍。和煦的微风带着香气轻轻掠过，仿佛唤醒了人们无法言说的某种渴望。

新区广场上的房子里，人们从窗口里往外看。母亲的纤纤玉手和可爱的手臂上戴着长长的浅黄色手套。当时约翰已经离开家了。父亲在母亲身边。不，我绝不会接受这对和善父母的一分钱资助。否则，我受伤的自尊心会让我一病不起，我自己养活自己的人生计划将被摧毁，同样遭到摧毁的还有我为之奋斗的自我教育的志向。对，这是最重要的：完成我的自我教育，或者说完成将来自我教育的准备，这也是为什么，我成了本雅曼塔学校的学生，因为只有在这儿，人们为将来的艰辛和不幸做准备。同样，这也是我不给家里写信的原因所在，因为光是写信本身这件事就能让我发疯，也能把我从底层开始奋斗的志向彻底变成遗憾。宏伟和大胆的计划必须潜入沉默和静默中，让它悄悄发生，否则它就会消逝和隐遁，已经苏醒的生命之火也会再次熄灭。我知道自己的志趣，这就够了。哦，是的。这也是对的。我存了一个关于我们老仆人费尔曼的有趣故事，他还活着，还在当仆人。故事是这样的：有一天，费尔曼犯了一个严重的错误，要被开除。

"费尔曼，妈妈说，你可以走了。我们不再需要你了。"

这时，那个可怜的老人，不久前刚埋葬了自己死于癌症的儿子（这并不好笑），跪在我母亲的脚下，乞求慈悲，祈求宽恕。这个可怜的倒霉鬼，老泪纵横。妈妈原谅了他，第二天我把这件事讲给我的同学韦伯兄弟听，他们听完无情地嘲笑我，还十分鄙视我。那以后，他们不再和我来往，在他们看来，我们家奉行的这一套太像保皇派了。他们不相信什么下跪的事，处处极尽卑鄙之能事地诽谤我还有我母亲。像真正的小恶棍一样，是的，他们也像真正的小共和党人，对他们来说，奴仆祈求主人和统治阶层的宽恕或不宽恕，竟然变成令人厌恶的事，而这样的主人也变成了可憎之人。

如今回想起来，这是多么滑稽的事。不过，虽然时过境迁，今天，我们重新审视这件小事，还是有所发现——现在整个世界对此的看法，与当年韦伯这对恶棍兄弟完全一致了。是的，现在就是这样：没人理会绅士与贵妇的那一套，不再有可以为所欲为的绅士，也不再有发号施令的淑女们。我应该为此悲哀吗？我什么都不知道。我要对这个时代的精神负责吗？我把时间当作时间本身，在沉默中为我自己保留观察一切的权利。善良的老费尔曼，他最终还是被古老的、慈父般的恩赐原谅了。忠诚和依从的眼泪，那是多么美啊！

　　下午三点开始，是我们这十一个人的时间，几乎完全可以自己支配，没人再管教我们。所有老师都躲进了自己的房间，教室仿佛是一片荒地，荒得让人抑郁难受。教室里一点声音都没有。我们中的每个人都蹑手蹑脚地走路，压低嗓门耳语般交谈。西林斯基看着镜子里的自己，沙赫特看着窗外，也许正跟对面的厨房女佣比画什么，克劳斯举着课本嘟嘟囔囔，正用心地背诵。到处都是死寂的漠然。院子冷冷清清躺在那里，像一个四四方方的永恒，而我经常在院子里直立，练习单腿站。作为替换，我也经常练习长时间憋气儿。一位医生曾经告诉我，这也是一种锻炼，甚至是一种对健康有益的锻炼。有时我写作。有时我闭上疲惫的眼睛，什么都不看。眼睛能够传达思想，因此我时不时地闭上眼睛，避免任何思考。当一个人就这么待着，什么都不做时，他会突然感到，存在是那么细微，那么精致。

　　无所事事的同时，还要时刻观察自己的态度，保持体面，这很耗神，对造物主来说却易如反掌。我们学校的学生都不愧是掌握体面这种本事的大师。否则，我们这些无所事事游手好闲的无聊之人，早就动粗撒野、上蹿下跳或者哈气连天、唉声叹气了。我们这十一个家伙从没这样过。我们抿紧嘴唇，一动不动。我们的头上，总是飘浮着魔镜般的校规。有时，我们坐在教室里，或者站在那里，门会忽然打开，本雅曼塔小姐慢慢走过教室，用奇怪的眼神儿掠过我们每个人。然后她像个幽灵似的出现在我的面前，就像从一个很远、远得不能再远的地方走来的一个人。

"你们在干什么，孩子们？"

她问我们，但不等我们回答，已经走开了。她是那么美。一头浓密的黑发。我们看到她的时候，她几乎都是眼帘低垂。她的眼睛温存宁静，带着淡淡的悲伤。她的双眼皮儿（哦，我居然能如此敏锐地看到这一切）非常明显，那么适合灵动的眼神儿。这双眼睛！一旦你看到它们，你像看到了深渊般的恐惧，深不见底。在这眼神闪亮的黑色中，这双眼睛在似乎什么都没有表达的同时，表达了无法言传的一切，表达了一切不能说的东西，它们给人感觉如此熟悉，又如此陌生。高挑的眉毛画得又细又弯，细得像要撕裂似的。无论谁，看一眼这样的眉毛都会感到心惊肉跳。这尖细的眉毛宛如病恹恹苍茫夜空中的一弯新月，那么精细，仿佛无论何处都可以划出伤口，剜向内心。还有她的脸颊！无声的渴望和胆怯在她的脸颊上携手共舞、欢庆。那无法理解的柔情和无尽的柔媚，肆意地在她的脸颊上抽泣。有时，在这个晶莹如雪的面颊上泛出祈求的微微红晕，一抹淡红，像一种羞涩的生命；又像一抹阳光，不，不是，只是那光的微弱折射，一闪即逝。有时，你看她的脸颊好像忽然笑了，又忽然像因为发烧微微泛红。

如果人们仔细端详本雅曼塔小姐的脸颊，会失掉继续生活的欲望，因为它让人觉得，生活就是粗野和丑陋暴行的地狱。在如此沉重、如此凶恶，几乎是专横的生活中，我们看见了本雅曼塔小姐脸上的这抹温柔的璀璨，多么难得啊。还有她的牙齿，当她性感的厚唇发出微笑时，我们可以看到她闪亮的牙齿。假如她哭了，人们会认为，支撑她的那片土地因为看到她的眼泪，羞愧痛苦地塌陷了。你听到了她的哭泣？哦，一旦听到，你就完蛋了。前几天，我们上课时，听到了她的哭声！我们立刻像落叶一样颤抖起来。是的，我们，我们每个人都爱她。她是我们的老师，是我们最珍视的人。但她正在遭受某种痛苦，这谁都能看出来。难道她病了吗？

那天在厨房，本雅曼塔小姐对我说了几句话。我刚要走进厨房，她问我话，连看都没看我一眼：

"你好吗，雅各布？你最近挺好吧？"

我本能地摆出洗耳恭听的架势，用谦卑的语气回答说：

"哦，当然，仁慈的小姐，我好得不能再好了。"

她微微一笑，问道：

"你这么说是什么意思?"

她的问话从我的肩头飘过来。我回答:

"我的意思是,我什么都不缺。"

她飞快地瞥了我一眼,什么都没说。过了一会儿,她才说:

"你可以走了,雅各布。你自由了。你不必老站在那儿。"

我像校规要求的那样,向她鞠躬致敬,然后躲进了教室。还不到五分钟,有人敲门。我能辨认出这敲门声。果然是本雅曼塔小姐,站在我面前。

"你,雅各布,"她问道,"告诉我,你和你的同学相处得怎么样?他们都很好,是不是?"

我回答说,在我看来,他们毫无例外都是可爱和可敬的人。女老师用她美丽的眼睛狡猾地向我眨了眨眼,说:

"嗯,嗯,但你和克劳斯吵架。吵架对你来说是爱和尊敬的标志吗?"

我毫不犹豫地回答:

"从某种意义上说,是的。小姐。顺便说一句,那并不是什么真正的吵架。如果克劳斯有敏锐的洞察力,他会意识到,我甚至比其他人更喜欢他。我非常非常尊重克劳斯。如果您不相信这一点,我会非常难过。"

她握住我的手，轻轻捏了捏，说：

"冷静点。你看你急得脸都红了。一个大红脸。假如都像你所说的那样，我对你还有什么不满意呢？只要你继续这样表现，我会很高兴。你要记住一点：克劳斯是个非常优秀的男孩儿，如果你不好好跟他相处，你就给我添堵了。对克劳斯好一点儿！我非常希望你能做到。但是别难过。你看，我并没有责怪你。你看，你就是一个缺教养、被宠坏的贵族儿子！克劳斯才是一个好人，不是吗？克劳斯才是一个真正的好人，雅各布，你不这么认为吗？"

我说：

"是的。"除了"是"，我没有别的回答。

然后我突然傻笑起来，我根本不知道为什么。她摇了摇头，离开了。为什么我忍不住要笑？直到今天，我还是不知道。不过，这件事微不足道，不值得再想。我什么时候能赚到钱？这个问题对我来说更重要。在我的眼睛里，到目前为止，钱是最具理想价值的东西。只要我一想象金子碰撞发出的声音，几乎就要发疯。我要填饱肚子：呸！我要么发财，要么敲碎脑壳。很快，我就没饭吃了。

如果我发财了，绝对不环游世界。虽然这样的旅行也没那么糟糕。但我看不出它背后有什么令人陶醉的东西。

走马观花的了解毫无意义。正如人们认可普世价值那样，我厌恶常规的教育。我宁愿被深刻、被灵魂这样的存在吸引，也不愿把精力花在泛泛的、既广博又肤浅的了解上。钻研、深入了解显而易见的存在更吸引我。

我不会购买任何促使我占有的东西，我不想拥有任何东西。雅致的外套、精美的内衣、一顶礼帽、低调的金色袖扣、漆皮长靴，这可能就是我想要的全部，我可以允许自己拥有的全部。不要房子，不要花园，不要仆人，呃，是的，是的，也许我会雇一个像克劳斯那样体面、听话的仆人。行了，有了这些行头，我就可以出门了，可以在薄雾弥漫的大街上走走。冬天忧郁的寒冷，与我佩戴的金首饰完美地映衬。钞票，我就放在简单的钱包里。我像往常一样在大街上行走，但在秘密的潜意识中隐藏着我再清楚不过的企图——不显富，不让人发现我的富有，假如有一天我如此富有，我就会这么做。

也许，还会下雪。我无所谓，事实上，我喜欢下雪。柔和的雪花儿飘浮在傍晚街灯昏暗的光线中，闪闪发光，无疑是令人喜欢的景象。我这辈子永远不会想到坐坐马车这种事。也许只有两种人坐马车，要么有急事儿，要么就是显摆自己的高贵身份。装高贵，我绝对不想再做；着急的事儿，我根本没有。这样闲适地漫步时，脑海里会出现很多想法。突然，我会跟一个什么人非常礼貌地打招呼，仔细一瞧，是一个男人。如果我仔细地打量这个男人，我会发现，他过得不好。关注，直到发现什么，有时并不是通过"看"，而是通过感知，那些我们几乎看不到的东西，我们会在某些表象上感觉到，注意到。你看，这个男人会问我想要干什么，这个问题会暴露出他的修养程度。假如他温和直接地向我发问，会让我很意外。因为我事先设想的是，他会很粗暴地责问我。我在心里马上跟自己说：

"这个男人一定有很深的创伤，否则他不会不生气，不会这样和气对我。"

这样一来，我就不用再说什么，绝对不用再费唇舌，我可以继续观察他，更仔细地观察他，完全沉浸到观察他的满足中。不用死死地盯着他看？哦不，完全不用那样，就像平常看人那样就可以，甚至还可以表现出一些欢快的笑意。现在，我好像已经知道他是谁了。我会打开我的钱包，从里面拿出十张一千面值的钞票，总共是一万马克，然后我会把这笔钱如数交给那个男人。然后，我会像之前一样彬彬有礼地脱帽，向他道一声晚安，之后离开。雪会一如既往地飘下。继续走路的时候，我什么都不会再想，我不能再想什么，这一切想象对我来说，已经太安逸、太完美了。我接济了一个令人作呕的饥饿艺术家，给了他钱，我十分肯定自己是这么做的，因为我不会弄错。哦，所以，这个世界上又少了一个巨大而棘手的担忧。

当然，下一个晚上，我可能会想到别的主意。无论怎样，我不环游世界，我更愿意立刻行动起来，做一些善事和蠢事。比如说，我还可以举办一场令人难以置信的丰盛宴会，但必须是淫荡的、一场前所未有的狂欢。我愿意为此掏出十万马克。这笔钱必须挥霍在令人困惑的荒谬之事上，因为只有被浪费的钱才是好钱，只有挥霍才能把钱变得美丽。也许有一天，我会去乞讨，阳光明媚，我会很高兴，至于我为什么高兴，我根本不关心，也不想知道。这时，妈妈向我走来，把我搂进怀里……这些都是美妙的白日梦啊！

克劳斯的神态和举止都散发着某种古老的稳重，这种气质把那些观察他的人带回了古老的巴勒斯坦。亚伯拉罕时代在我同学的脸上复活了。旧的父权时代及其神话般奇异的习俗和风土人情，浮现在克劳斯的脸上，仿佛它们正用慈父般的眼神望着我们。在我看来，那时的父辈仿佛都有一张古老的面孔，留着长长的棕色胡须，缠到一起，都打结了，当然，这都是我在胡说，但说不定我这简单片面的胡说八道还挺符合当时的情形呢。

面孔和长长的、纠结在一起的棕色胡须，这当然是无稽之谈，但也许这种完全天真的思绪里有一些事实。是的，那时！仅仅"那时"这个词，将足以让我们联想到：那时是多么崇尚家长和家庭。在古老的以色列时代，时不时还允许像以撒①或亚伯拉罕②这样的父亲存在，他们不仅受到尊重，还可以无忧无虑地在自己拥有的土地上安度晚年，并享受自己领地上的一切自然财富。那时，老者还有威严。那时，老者像国王一样，他们经历的岁月堆积成他们晚年的权力和威严。那时的老人那么年轻。他们百岁时仍然生儿育女。那时没有牙医，因此我们必须假设，那时也没有蛀牙。

比如说，约瑟夫③在埃及时多帅啊。克劳斯和波提法④家的约瑟夫有些相像。约瑟夫年轻时被卖到波提法家当奴隶，看见了吧，这个家族非常富有，人品也是诚实而高贵的，约瑟夫在这样的人家当奴仆，日子过得很好。某种意义上说，那时的法律或许很不人道，但是，那时的风俗习惯和人们的观念中还盛行着文雅和高贵。今天的奴仆，上帝保佑，他们的处境更糟。顺便再说一句，今天我们这

---

①②③④ 均为《圣经》中的人物。

些傲慢、个性皆无的现代人中，唯一不缺的就是奴性。也许，当下我们所有人都有点像奴隶，奴役我们的是令人厌恶、不断鞭打我们的拙劣世界观。言归正传，有一天，波提法家的女主人勾引约瑟夫，要他满足她的欲望。多么奇怪啊，那些如此古老的故事甚至细节，口口相传、流传千古，活到了今天。如今所有的小学都有历史课，哪个迂腐的书呆子老师被停职了？我其实很鄙视那些低估学究气的人，学究气没什么不好，那些满是学究气的人只是没有精神和灵魂而已，他们也没有头脑，缺乏判断力。很好，克劳斯拒绝了女主人，说错了，是约瑟夫。但这样的事很有可能也发生在克劳斯身上，因为他身上有一种"约瑟夫在埃及"的劲头儿。不，慈悲的女主人，这样的事我不能做。我要忠于我的主人。接下来，这位容貌出众的女主人指控年轻的仆人，对她做了粗鲁之事，勾引她犯错，行为不轨。这就是我所知道的全部。奇怪，我居然想不出，假如事发今天，波提法会说什么，又会做什么。我总能清晰地看到的，只有尼罗河。是的，克劳斯完全可能是约瑟夫，他们有一些相似之处。态度、风度、脸型、发型和手势都那么相像。甚至他不幸尚未痊愈的皮肤病。他的青春痘可以说是《圣经》式的，东方情调的。道德，品格，不可动摇的青春纯粹？都完美地近似。埃及的约瑟夫也一定是倔强的小人物，否则他会服从好色女主人的挑逗，并背叛他的主人。克劳斯也会像他的古埃及同行那样行事。他会高举双手，表情半是哀求，半是祈求惩罚，他会说：

"不，不，我不会这样做……"

他会说出诸如此类的话，亲爱的克劳斯！我的思绪总是被拉回到他身上。从克劳斯身上，我们可以看到教育的真正含义。在克劳斯今后的生活中，无论走到哪里，克劳斯都会被视为一个有用之人，但没有受过良好教育，不过对我来说，他才是一个真正受过良好教育的人，因为在他身上体现了教育的成果——把人变成一个坚实和善良的整体。可以说，在他身上体现了人类教育的真谛。克劳斯身上没有那些华而不实的所谓知识，在他身上蕴含着某种品质，某种他赖以生存的品质。正因为这种品质，人们可以完全相信他、托付他。他永远不会背叛任何人，也不会夸夸其谈评论他人，而这是最重要的，克劳斯本分老实的沉默，我称之为教育、教养。谁喋喋不休地夸夸其谈，谁就是一个骗子，他可以是一个非常可爱的人，但他如果有喋喋不休的弱点，他会把自己所想的一切都胡说出去，这会让他成为一个卑鄙的坏人。克劳斯会隐藏自己，心里装得住秘密，他相信，人不需要说话，沉默可以起到友善的作用，还可以促进活跃的思考。这才是我所说的教养。克劳斯不讨人喜欢，对那些跟他年龄相仿、性别相同的人常常表现得很粗鲁，正因为如此，我才那么喜欢他，因为他的做法正好向我表明了，他不理解、不容忍残忍而轻率的背叛。在任何人面前，克劳斯都是本分、体面的人。而生活中常有的事情却是，表面友善之人，会以骇人听闻的方式破坏和诋毁邻居、同学甚至自己兄弟的生活和声誉。克劳斯所知不多，但他从不，也绝不会是一个无脑的轻率之人，他总是遵守自己制定的准则，这就是我所说的教养。一个人身上的爱心和思考都是良好教养的标志。还有很多、很多。远离所有人，远离每一个人，离群索居面对自我，哪怕是克服最小的自私，也没人能做到克劳斯的程度，他是如此自律，所以，本雅曼塔小姐才会这么说：

"雅各布，克劳斯是不是很好啊？"

是的，他很好。如果我失去了这位同学，等于失去了我的天堂，我很清楚这一点。我现在甚至害怕，今后再和克劳斯发生不愉快的争吵。我现在只想看着他，一直一直地看着他，因为残酷的生活终究会把我们俩分开，之后我只能满足于看他的照片了。

现在，我完全明白了，为什么克劳斯的外表毫无优点可言，不仅没有堂堂的仪表，老天还格外赋予他侏儒般的身材和丑陋的容貌。这是老天对他的青睐，想和他一起做点什么，从一开始，老天就为克劳斯安排好了。他的天性对造物主来说太纯洁，老天为了保护他免受腐朽外在成功的侵蚀，把他塞进了一个缺乏魅力、卑微、丑陋的身体里。当然，也可能是另一种情形，当造物主创造克劳斯时，非常生气，满怀恶意，像后娘那样对待了他。要是这样，造物主现在是不是很后悔呢？谁知道呢。也许造物主正为自己创作的不雅杰作高兴呢，如果这样，那确实有理由高兴，因为这个不雅的克劳斯比最优雅、最美丽的人还要完美。他的完美不是因天赋而闪耀，他那颗善良和未受污染的纯净之心闪耀着光芒。他粗鲁但朴素的行为举止中表现出的完美，不仅是他表面木讷无法掩盖的，也是人类社会中罕见的。哦，不，克劳斯无论在女人方面，还是外在生活中都很特别；女人嫌他枯燥无味，嫌他丑，在生活中忽视他，与他擦肩而过。忽视？是的，没人会重视、尊重克劳斯，恰恰在他对这种忽视的享受中，他被老天计划好的美好生活得以继续，而这是给造物主的最好反馈。

老天给了这个世界一个克劳斯，目的是给这个世界一个深奥的不解之谜。嗯，这个谜永远不会被破解，你们没看见吗？因为人们懒得去解它，这正是这克劳斯之谜如此奇妙、如此深藏不破的原因：因为没有人有兴趣解它，因为没有一个活生生的人能想到，这个无名的不起眼的克劳斯居然被赋予了使命，无人想到他可能是一个谜，更没人去想，克劳斯的存在有什么意义。克劳斯才是造物主的真正作品，一个虚无，一个仆人。没有受过教育，却能履行最艰巨的工作，他会让人觉得，他这个人很特别：恰恰在这一点上，在人们对克劳斯的评价中，谁都没有搞错，人们对克劳斯的评价都完全正确，因为他就是这样的：克劳斯是谦虚本身，是无冕之王，是谦卑的殿堂，他愿意履行卑微的工作，因为他能做，也想做。对他来说，一切都毫无意义，除了给他人帮忙，除了服从和侍奉他人。人们很快就会发现这一点，并利用克劳斯的这个特点，正是在人们利用他的事实中，会产生金子般的、来自上帝的公正，它散发出善良和神圣的光芒。是的，克劳斯是一个非常公正、但也非常单调的人，他简单透明像一个单音节。没有人会误判这个人的单纯，因此也没有人尊重他，所以他一定不会成功。但我认为这正是克劳斯的迷人之处，迷人，迷人，三倍的迷人。哦，上帝的创造物，如此仁慈，如此迷人，包裹着迷人的魅力和思想。有人会认为这么说过于夸张。那是，但我必须坦白，这还不是最夸张的说法。完全不是，你看，没有成功，没有名望，没有爱情，并不影响克劳斯的绽放，这多好啊，因为成功除了让你分心，它还总是映衬出廉价的世界，与之如影随形。假如有人取得了成功并向世人展示它时，我们立刻就能感觉到，他们再也无法看到自己愈加膨胀的自满和自大，无法发现他们用尽虚荣之力的自吹自擂，已经让他们变成了另一种人，他们无法自识，也不会再被他人认可。上帝保佑在众人赞誉面前保持谦逊的好人。即使赞誉不使人堕落，也会让人困惑，并让他失去力量。感谢，是的，感谢完全是另一回事。人们是不会感谢克劳斯这种人的，况且也没这个必要。

也许每十年会有一次、会有一个什么人对克劳斯说：

"谢谢你，克劳斯。"

克劳斯听后会傻掉，他会笑，笑得非常愚蠢。但我的克劳斯永远不会沉迷于此，因为他这一辈子里时刻都得面对巨大而艰辛的困难。我想，我是极少数的人之一，也许是唯一的一个，也许还有那么两三个人，我们知道，克劳斯拥有什么，或拥有过什么。本雅曼塔小姐，是的，她知道。也许，校长先生也知道。本雅曼塔先生有足够深邃的洞察力，完全能够知晓克劳斯的价值。我必须停止，今天，不能继续写下去了。我已经得意忘形。我要发狂了。字母已经在我眼前跳舞，闪烁。

　　我们学校房子后面是一个年久失修且荒芜的花园。每当清晨我从校长办公室窗户望向花园时，（每隔一个早上，我必须和克劳斯一起打扫校长办公室）我都很难过；花园无忧无虑地存在着，对是否有人照料它无感，这种荒凉感总是带给我某种冲动，恨不得下楼打理一下花园。当然，这些都是多愁善感的表现。多愁善感的软心肠误人入歧途，应该让它见鬼去。我们本雅曼塔学校还有别的，还有与这个花园完全不同的真正花园。但要走进这个真正的花园是绝对禁止的。没有一个学生可以进入这个真正的花园。至于为什么，我不知道。正如我说过的那样，我们有另一个不同的花园，一个也许比实际存在的花园更美丽的花园。在我们的教科书《男校的培养宗旨是什么？》第八页上写道：

　　"良好的行为举止本身，就是一座鲜花盛开的花园。"

　　所以，我们这些学生可以在这个敏感的精神花园里徜徉、奔跑、跳跃。没错。如果我们中的某个人行为不端，表现不合乎规范，他就自动走进了肮脏、黑暗的地狱。但谁表现得好，顺从听话，也会马上得到奖赏，这个奖赏就是让你不由自主地走上既有阴凉又有阳光普照的林荫大道，在那个树影斑驳的精神大道上徘徊。这是多么诱人！在我这个可怜男孩儿的理解中，我们可爱的教科书所规定的这一点，绝对富有哲理。谁的行为举止愚蠢，不合规范，他必须为此感到羞愧和恼怒，而这就是令他尴尬难受的精神地狱，他必须在那里煎熬。但是，谁要是做得正好相反，听话顺从，举止合乎规范，那么就会有一个他看不见的人，拉住他的手，把他引入惬意美妙的状态里，这就是那个花园，他已经不由自主地在这个绿意盎然的疆域里幸运地漫游了。

让一个本雅曼塔的学生对自己感到满意，几乎是不可能的，因为我们校规规定的一切，堪比冰雹、闪电、暴风雪和倾盆大雨，谁能勇敢地战胜这一切，才能得到表彰。这表彰就像飘散在他周围甜美的芬芳，我们有谁能做到这些吗？本雅曼塔小姐表扬谁，谁的四周就会芬芳四射；相反，她批评谁，教室里就变得无比昏暗。我们的学校——多么奇怪的世界。当一个学生表现得乖巧伶俐时，他头顶的上空就会出现某种蔚蓝，这就是那个想象出来的不可替代的精神花园的蔚蓝天空。如果我们这十一个人真的有耐心，如果我们在严厉的管教中保持顺从，如果我们具有人们所说的等待和忍耐毅力，我们就能做到，让眼前的疲惫骤然变成金光灿烂，然后我们就知道了，这就是天上的太阳。谁，真的感觉到了疲劳，而且他的疲劳具有充分理由，那么他就能得到阳光的沐浴。假如我们可以放弃内心无法说出口的欲望，这欲望恰好是我们不幸的根由，那么我们就能听到：嘿，那是什么？是鸟在唱歌！

是的，那是在我们花园里幸福快乐、有着漂亮羽毛的小歌手们，在优雅地歌唱，宛如袅袅的喃喃自语。现在你自己说吧：我们，我们这些本雅曼塔学校的学生，除了这个我们用精神建造的花园，还需要其他花园吗？当我们举止优雅得体、行为正派时，我们就是富有的绅士。比如说，当我希望自己有钱时，总是立刻陷入令我痛苦不堪的绝望深渊，尽管如此，我还经常这样希望；哦，我这样受着痛苦的蹂躏，以至于我深深地怀疑我得到救赎的可能。然后，我盯着克劳斯，接着我就被一种深沉、低语般、宛如涓流般的美感轻轻攫取了。这是在我们精神花园里到处喷涌的宁静的谦逊之泉，我因此得到欢愉，得到安慰，确信善良。

啊，难道我不应该爱克劳斯吗？假如我们中的什么人，也就是说，假如我们中的一个人冒着生命危险，成为一个英雄，做出了勇敢之举（教科书上是这样说的），他将被允许刻到屋内的大理石墙壁上，这种房屋里面有很多画满壁画的石柱，会有一张嘴去亲吻这些刻在大理石上的英雄。至于什么样的一张嘴，教科书上没有详细注明。毕竟，我们不是英雄。我们为什么要成为英雄呢?！首先，我们没有机会表现得像一个英雄；其次，我也不太确定，像西林斯基和瘦长彼得这样的人身上，是否还有什么可以用来牺牲的东西。我认为，我们的花园即使没有可以亲吻的英雄，没有漂亮的廊柱，也挺美丽。我相信，当我谈论英雄时，我整个人都有点打冷战。对此，我宁愿保持沉默。

最近，我问克劳斯，他是否也会时不时地感到无聊？他用责备的眼神看着我，一脸训诫的表情，他想了想说：

"无聊？你是不是脑子出问题了，雅各布？我斗胆告诉你，你刚才提出的问题既幼稚又充满罪孽。这个世界上除了你，谁会觉得无聊？我可以明确地告诉你，我不无聊。我在这里背书。你说，我有时间无聊吗？多么愚蠢的问题。高贵的人可能会感到无聊，但不是克劳斯，而且，你也感到了无聊，否则您不会想到那个愚蠢的问题，更不可能跑来用这种蠢问题烦我。人总能找到一点可以做的事情，要是没有身外之事可做，至少可以关注内心，自己在心里念叨念叨也是好的。雅各布，你别以为我不知道，你经常暗自嘲笑我，因为我在心里念叨。现在，你听好了，你能告诉我，我念叨的是什么吗？我说的是什么，亲爱的雅各布？我一直念叨，而且我念叨的都是相同的事情。我可以告诉你，这是非常健康的。让你的无聊见鬼去吧。只有那些总是期待外在刺激的人才会感到无聊。你心情不好，你就会渴望心情变好，无聊就来了，无聊就喜欢这样的人。去吧，别烦我了，我要学习了，给你自己找点事儿做，如果你有事儿干，让自己忙起来，你就不会无聊了。而且，我请你以后不要再用这种烦人的、冒傻气的问题打扰我。"

我问：

"你现在说完了吗，克劳斯？"

说完，我笑了。克劳斯却用同情的眼神怜悯地看着我。

是的，克劳斯永远不会感到无聊。我很清楚这一点，我只想再逗他一次。我的想法那么丑陋，那么空虚。我必须采取行动改进这个缺陷。总要弄克劳斯，让他生气，这很卑鄙。但是，多好玩儿啊。他的责备听起来那么滑稽。在他对我的告诫里，有慈父亚伯拉罕的影子。

几天前，我做了一个非常可怕的梦。在梦里，我变成了一个非常非常糟糕的恶人，至于怎么变成的，这里我就不透露了。从脊椎到脚底我仿佛变成了生肉，变成了一个软塌塌的、笨拙的、惨不忍睹的行尸走肉。我很胖，过得似乎不错。手指上戴满了金光闪闪的戒指，手都胖得变形了，我还挺着一个大肚子，肚子上沉重的肥肉颠来倒去地摆动着。我的心情好极啦，吆三喝四，想干啥干啥。我旁边的一张桌子上，摆满了丰盛的吃喝、一瓶瓶葡萄酒、一瓶瓶白酒，还有精致爽口的凉菜。我不停地给自己拿东西，不停地吃。我的餐具上沾满了我手下败将的眼泪，杯盏交错之际四处响起穷人的叹息声，但那些泪痕让我忍不住笑起来，就像那绝望的叹息，对我而言宛如音乐旋律一般。我需要佐餐的音乐，音乐有了。很显然，我以牺牲他人的利益为代价，做了非常非常好的生意，这让我心花怒放。哦，哦，把一些人赖以生存的根基，釜底抽薪般毁掉，光是这么想就让我无比兴奋。我拿起唤铃，摇得叮当响。一个头儿进来了，对不起我得补充一句，他是爬进来的，这才是有生活智慧的人，他爬到我的靴子跟前，并亲吻它们。我允许这个丧失尊严的生物这样做。你想想，这就是经验，那些良好高尚的原则就是这样规定的：他要舔我的脚。这就是我要强调的富贵的意义。正因为我忽然想到了这一点，我又摇晃唤铃，因为我浑身发痒，又说不清楚到底哪里痒。这时，终于变了点儿花样，来点儿有感觉的节目了，一个十几岁的少女出现了，对我来说，这可是让人肆意放荡享受的美色。她自称自己如何幼稚如何无辜，一眼瞥见了躺在我身边的鞭子，然后便开始上上下下地吻我，把我弄得心旌摇荡，浑身酥软。在这女孩子像鹿一样美丽的眼睛里，荡漾着恐惧和过早的堕落。我有点儿够了，再次摇铃，一个家伙出现在我面前——一个生活态度严谨、英俊苗条、年轻而贫穷的小伙子。他是我的一个走狗，我皱着眉头命令他，把那个东西给我，它叫什么来着，我想起来了，工作的兴趣，对，帮我提起我工作的兴趣。紧接着，"狂热"走了进来，他是一个完人，一个身材魁梧的工作狂人，我用鞭子朝他平静等待指令的脸就是一记响鞭，打得他满脸开花，我大笑不止，这才叫找乐子。直到笑出眼泪来。接着出现的是"奋斗"，这是人类最原始的欲望之一，我对他很满意。然后，我用一个懒洋洋的、居高临下的大度手势，赏给他一杯葡萄酒，这个笨蛋几口就喝光了杯中酒。

"去吧，给我干活去吧！"

我说完，"奋斗"立刻就去了。

现在进来的是"美德"，"美德"对那些没有完全丧失感觉的人来说，是一个美得令人惊艳的漂亮女子，她居然哭着走了进来。我把她抱在腿上，调戏她。我抢走了她无法形容的宝物，就是那个"理想"，接着我一边嘲弄她，一边把她赶了出去。哦，现在，最精彩的来了，好像上帝本人出现了。我大喊：

"怎么回事？你怎么来了？"

我醒来时满头大汗，我多么高兴这只是一场噩梦啊。我的上帝，我还有希望吗？我还希望有朝一日我能有点儿作为呢。但梦中发生的一切已经疯得登峰造极了。如果我把这些告诉克劳斯，他一定惊得目瞪口呆。

说起来，我们崇拜本雅曼塔小姐的方式有点滑稽。但是，就拿我来说吧，我非常喜欢滑稽，滑稽本身一定包含了某种魔法。上课总是八点开始。嗯，提前十分钟，我们这些学生就已经怀着紧张和期待的心情就座了，身子一动不动，眼睛紧紧盯着教师小姐要走进来的那扇门。对于这种我们必须提前表现出的尊重，校规上有明确的阐述。校规就是法律，它明确规定，我们必须竖起耳朵仔细听好，教师小姐是不是马上快到教室门口了，然后确定，是不是就要迈进教室了，我们得用十分钟的时间，像傻瓜一样准备这个起立仪式。这些小小的羞辱体现在校规要求的方方面面，这些要求其实都很可笑，但是我们这些学生要顾全的不是自己的脸面，而是本雅曼塔学校的荣誉；当然，这很可能是最正确的事，因为我们这些学生有荣誉吗？学习当奴仆，要荣誉做什么呢。被教导被训斥，是我们最高级别的荣誉。被严格训练，对我们这些男孩儿来说就是莫大的光荣，这是明摆着的事实。但我们一点也不想反抗。我们永远不会想到去反抗。

总的说来，我们脑子里的想法少而又少。有想法并不难，也许，我算是想法最多的那个，但从根本上说，我鄙视我的整体想法。我看重经验，通常情况下，经验不依赖思维方式，它是独立于我们大脑之外的存在。这也是我可以骄傲的地方，因为我通过经验打开一扇门，打开一个新的世界。一个人如何开启新的认知领域，途径和方式上蕴含了更多的生活意义，远比对生活提出问题有价值。当然，生活中的一切都会引出我们的发问、比较和回忆。但从某种程度上说，我们更需要思考，甚至非常需要。让自己驯服、服从，比思考高级得多，多得多。

假如一个人思考，最直接的结果就是抗拒，而抗拒从来都是丑陋的，它只能让所有事情朝不好的方向发展。思想家们，要是他们知道就好了，他们通过思想搞砸了多少事。一个刻意不思考的人，无论他做任何事，都是十分必要的。这个世界上数以万计的头脑都在做无用的思考。这是多么明显的事实啊。人类生存的勇气，在所有对思想的权衡、总结和认知中消失了。比如，一个本雅曼塔学校的学生，如果不知道自己是不是顺从乖巧，那他就是顺从乖巧的。如果他知道他是不是，那么他所有无意识中的顺从乖巧就没有了，于是，他就很容易犯错误。我喜欢走下坡路。这简直就是废话。

达到一定程度的富有，理顺自己的世俗生活，诸事安排得井井有条，这绝对是美好的状态。我去了一趟我哥哥约翰的公寓，不得不承认，他的公寓令我格外惊喜，公寓的装饰几乎完全是我们古老的冯·贡滕家族的风格。光是地板就给我留下了非同寻常的印象，地板上铺满了暗蓝色、柔软的地毯。房间的布置和装饰非常有格调，不是那种华而不实的显摆风格，而是低调奢华的选择。家具摆放的布局十分优雅，一走进公寓，就能感觉到这一点，那些家具像在彬彬有礼又温柔地问候来客。有几面镜子挂在墙上。其中一面非常大，一直从地板延伸到天花板。房间里的摆件既古老，又没过时；既雅致，又不矫饰；既富丽堂皇，又不露富。来客能够感到，房间里弥漫着温暖舒服的气氛，令人愉快。

挂那面镜子的地方像是很随意，却是经过精心考量的，正好映衬出下面那张沙发床的优美造型。如果这些细节我都不能发现，那我就不是冯·贡滕家的人了。到处都很洁净，纤尘不染，但并不是所有东西都擦得铮亮，这些洁净的东西没有发出刺眼的亮光，相反，它们散发着平静与柔和，默默地看着客人。映入眼帘的一切，都不刺眼。房间的整体布置给人的印象是和谐，充满爱意。

一只漂亮的黑猫躺在深红色的丝绒椅子上，它柔软皮毛的黑色舒适地落入丝绒的红色中。那么漂亮。如果我是一个画家，我愿意画如此梦幻的动物。我的兄弟热情地接待我，我们面对面站着，像有节制的绅士那样，充分享受礼节带来的乐趣。我们聊天。之后，一条高大、苗条、雪白雪白的大狗朝我们奔过来，带着喜悦的表情优雅地坐在我们旁边。当然，我抚摸了这只动物。

约翰的公寓一切都很完美。所有物件都是他费心甚至精心地从各种古董店里淘来的，然后他以同样的细致为它们在自己家找到最佳位置，让它们整体看上去既朴实，又优雅。约翰非常懂什么是简洁，他会在简洁中创造出完美，他的公寓就是本着这样的原则布置的，适合和实用结合，就像美和优雅结合，把客厅变成了一幅画。我们坐在客厅里，过了一会儿，进来一位年轻女子，约翰向我介绍了她。后来我们喝了茶，大家都心情愉快。喵喵……猫叫着要牛奶，漂亮的大狗想吃茶桌上的点心。两只动物的愿望都得到了满足。天色已晚，我也得回家了。

在本雅曼塔学校，我们学会了怎样忍受和承担失败。

对此，我的观点是，这是一种技能，需要历练，没掌握的人，无论他多么了不起，都还是一个大孩子，一个只会哭闹和喊叫的孩子。我们这些男孩儿早就放弃了希望，是的，胸怀希望是严令禁止的，所以，我们才能做到绝对的平静和祥和。

怎样才能做到这一点？在我们梳得油光锃亮的头顶上，有守护天使飘来荡去，帮助我们做到了吗？这我不确定。也许，我们就是因为被管教，才变得快乐和无忧无虑。这至少也是一种可能。但是，这种内在的清新和宁静会减损我们心灵的价值吗？我们真的很傻吗？我们摇摆不定。有意或者无意间，关于无处不在的精神我们做过一些思考，思考的结果最终还是随风而去，我们能积攒住的，最后还是经验和观察所得的感受。对我们来说，这是很大的安慰，因为通常说来，我们都是热情、喜欢追寻的人；因为我们不那么看重自己。

任何一个非常自我的人，在遇到敌视他们并欺辱和损害他们自尊的挑衅时，往往会惊慌失措。而我们就不会这样，因为我们是仆人学校的学生，虽然不能说我们全无尊严，但我们的尊严说到底非常非常微不足道，是任人揉捏的小东西。顺便说一句，我们的小小尊严，是可以根据要求随时出现和随地消失。我们是高等文明的产物，还是大自然的子孙？这也是我说不清楚的。我唯一清楚知道的只有一件事：我们在等待！这是我们的价值。是的，我们等待，等待的同时我们倾听外面的生活，这个外面的生活也被人称为世界，对，我们就在这里倾听，就像大海倾听它的风暴一样。顺便再说一句，富克斯已经离开学校了。对我这真是一件大好事。我一直不懂，怎么跟这个人相处。

　　我和本雅曼塔先生谈了一次话，准确地说，是他把我找去谈话。他对我说：

　　"雅各布，告诉我，你不觉得你在学校的生活十分单调吗？"

　　什么？单调？

　　"我想知道你的想法，要说实话。"

　　对此，我宁愿保持沉默，不是我要抗拒校长的命令，我的反抗早就烟消云散了。但我什么都没说，结果就像我在说：

　　"尊敬的先生，请允许我保持沉默。对于这样的问题，我能给出的回答，肯定是欠妥而且无礼的。"

　　本雅曼塔先生看着我，我想，他已经理解了我的沉默。没想到，事实还真是这样的，因为他突然笑了，说道：

"雅各布，你是不是有点惊讶地发现了，我们的学校生活居然如此懒散，且心不在焉，做一天和尚撞一天钟，你说是不是？我不想诱导你，给我一个离谱的答案。雅各布，我要开诚布公地告诉你一件事。听着，我认为你是个聪明正派的年轻人。接下来，我得请你担待了，我要说的话可能不那么好听，但我不得不告诉你这个事实，这是我要对你说的第一个事实；第二个事实是：我，作为你的校长，认为你很不错；第三个事实是，我对你产生了一种少见的、奇特的、难以控制的偏爱。但你这会儿在我面前居然如此放肆，你怎么回事，雅各布？现在，我对你说了我的心里话，你是不是开始瞧不起我，年轻人，你现在胆敢在我面前傲慢无礼，是不是这样？"

我们两个人，这个留大胡子的男人和我，我这个毛孩子，我们四目相对。仿佛正在进行一场心灵的搏斗。我刚要张嘴说点儿谦卑顺从的话，但还是稳住了自己，继续保持沉默。这时我注意到，身材魁梧的校长浑身轻轻颤抖起来。从这一瞬间开始，我感觉到了，某种联系在我和校长之间建立了，是的，我不仅感觉到了，甚至很清楚地知道了。"本雅曼塔先生非常看重我。"我这样告诉自己，意识到这一点，对我来说，就像一道闪电穿透了我，这种心境下，保持沉默不仅是得体的表现，而且是必须做的。即使我只说一个字，都有可能招致祸患。我刚刚通过沉默爬到了一个崭新的人类高度，不用再听命于人；这种情况下，我说任何一句话都可能把我打回原形，还是那十一个微不足道的小崽子中的一个。我深深地体会到了这一点，而且现在我更清楚了，我那时的行为举止完全正确。接着，我的校长走近我，对我说了如下话语：

"雅各布，在你身上是有某种使命的。"

说完，他停顿了一下，我立刻明白了，他为什么停顿。无可置疑，他想看我的反应，看我的态度。我心里什么都明白，好像我脸上的肌肉也明白了，呈现出一个合适的面无表情，我的目光凝聚在眼前的虚无上，脑海一片空白。然后我们又对视了一眼。我看自己校长的目光既认真又严厉。我极力装出冷漠，让人感觉我肤浅无知的同时，心里却乐得发痒，恨不得对着校长的脸大笑。与此同时，我也看到他对我的态度很满意，最后他说：

"我的孩子，你回去干活吧。给自己找点儿什么事，忙乎起来。或者，你去和克劳斯谈谈心。去吧。"

我深深地鞠了一躬，鞠躬的深度既符合规定，也符合习惯，我就这样让自己消失而去。在外面的走廊上，我本能地停下来，从钥匙孔往里看，偷听里面的动静。但里面寂静无声。其实，我的这种偷听偷看也是校规带来的习惯性后遗症。我高兴地轻声笑着，笑得傻乎乎的，就这样回到了教室，克劳斯坐在一片昏暗中，周身沐浴在傍晚的余晖中。我站了很久。我就那样站在那里，站了很久，因为我不能完全理解眼前所看到的一切。我感觉自己在家里。不，我感觉自己好像还没出生，在出生前的某种温暖中畅游。我浑身发热，眼里盈满泪水，眼前的一切变得模糊不清。我走到克劳斯身边，对他说：

"嗨，克劳斯，我很喜欢你。"

克劳斯咕哝了一句，我也没听清他说的是什么，就飞快地回到了自己的房间。现在？我们是朋友吗？本雅曼塔先生和我算是朋友吗？无论如何，我们两个人之间有关系了，但究竟是什么样的关系呢，我禁止自己去搞明白。我要保持乐观、开朗和快乐。我要远离思索。

我仍然没找到雇主。本雅曼塔先生告诉我，他在努力帮我找。他对我讲这番话的语气非常不客气，像在下命令，之后还补上了一句：

"怎么着，没耐心了？该你得到的，都会来，前提是你得等！"

关于克劳斯，大家都在传小道消息，他可能很快就要奔前程去了。前程，是一个既专业又滑稽的表达。克劳斯马上就要奔前程去了？希望这都是无意义的传闻，与学校经常有的耸人听闻的消息别无二致。在我们这些学生当中，也经常流传类似那些八卦小报凭空捏造的小道消息。我发现，这个世界到处都一样，毫无差别。

顺便提一下，我又去见了我的兄弟约翰·冯·贡滕，他也真有勇气，居然把我介绍给他圈子里的人。我在那些富人餐桌上吃过饭，我永远不会忘记我在那里的风度和举止。我穿了一件旧的、但还说得过去的礼服外套。这种外套很笨重，让人看上去有些老成。嗯，我穿得像一个年收入至少两万马克的人。我和那些人交谈，如果他们猜到我是谁，他们肯定扭身不理我。那些女人对我微笑，这也给我壮胆儿了，我跟她们调笑，假如我告诉她们，我只是一个学生哥，她们会立马鄙视我。让我感到惊讶的还有我的胃口。在这些富人陌生的餐桌上，我从容不迫地大快朵颐。我先是看到周围人都这样做，随后我就跟上了节奏，没人能察觉到我在效仿他们。这做法有点儿卑劣。我为此感到羞愧，在那样的圈层和场合中，我快乐地大吃大喝，这嘴脸令人羞耻。

那些有关高雅举止的习俗，我都察觉不到。相反，我注意到的是，人们把我当成一个害羞的年轻人，而（在我自己的眼中）我正在胡作非为。约翰在上流社会的表现十分得体。他有一种轻松、令人愉快的风度，这风度与他非常匹配，更重要的是他深知这一点。他的举止，让那些看到他的人耳目一新。我是不是把约翰说得太好了？哦，这样不好。我绝对没有爱上我的兄弟，但我试着去了解他，全面了解，而非片面。也许这就是爱，至少我这么认为。

去剧院的经历也很美妙，但我不想过多地谈论了。漂亮的礼服也都脱下来了。哦，那感觉真不错，穿着令人仰慕的漂亮衣服潇洒地闲逛。是的，闲逛，潇洒地在高雅人士的圈子里飘来荡去。然后，我又溜回了本雅曼塔学校，换上了我的校服。我喜欢待在学校，我感觉到了这一点，也许以后，我有可能出人头地，变成一个大人物，那时，我很可能因为冒傻气再回本雅曼塔学校，但我什么时候能变成一个大人物呢？永远不可能，我能提前预见这些，已经让我激动得发抖，足够安慰我了。总有那么一天，一个打击落到我的头上，一个毁灭性的打击，然后这一切，所有的困惑、渴望、愚昧等等，所有一切，你感激或不感激，你欺骗他人或者自欺，这种种你知道的或你永远无法了解的，统统都结束了。我只希望自己能够活下去，无论怎样都活下去。

发生了一件令我十分不解的事情。也许这并不意味着什么。但我不是很愿意被神秘的事情摆布。那是半夜光景，我一个人坐在教室里。突然，本雅曼塔小姐站在我身后。我根本没听见她进来，她肯定是悄悄把门推开的。她问我在干什么，她的口气仿佛在告诉我，我什么都不必回答。她向我提问的口吻，可以这么形容，她在问她已经知道的事情。当然，答案已经完全没必要。她把手放到我的肩上，好像她累了，需要一个支撑。

这时，我真的感觉到，我是属于她的，难道这意味着我属于她？是的，就像我是她的一样。我总是怀疑感觉。但这一刻里，我属于她，可以这么说，我属于这位年轻小姐，这是不容置疑的感觉。我们是命中注定的一对儿。虽然我们各不相同。突然就变得非常亲近。当然，我们永远各不相同。我讨厌在情感上缺乏差异，或者两个人近似得无差别。我和本雅曼塔小姐是两个截然不同的人，正是这一点让我感到幸福。

此外，我讨厌欺骗自己。同时，我也敌视一种行为，那就是展示不属于自己，或者不完全属于自己的优点。这两者差异巨大。是的，到底它们有怎样的差异呢？我是不是被差异绊住了？就在我还跟差异纠缠时，本雅曼塔小姐突然说：

"跟我来吧。站起来，过来。我想给你看点儿东西。"

我们一同前去。在我们眼前，至少在我的眼前（也许不是她的眼前）一切都笼罩在无法穿透的黑暗中。我想，这位小姐是要带我去看那些密室，果然如此，我完全没有搞错。事情就这样自然而然地发生了，我亲爱的女老师似乎下定了决心，向我展示一个迄今为止一直被隐藏的世界。我紧张得屏住了呼吸。

正如我说的那样，刚走过去的时候，到处漆黑一片。小姐拉着我的手亲切地说：

"你看，雅各布，你的周围到处都是黑暗，但会有人拉着你的手，引导你。为此，你会感到高兴，并且初次体会到那种深深的感激。不要沮丧。会有神圣的光出现。"

她的话音未落，一道耀眼的白光迎面照射过来。一扇门敞开了，我们走过去，她走在前面，我跟在她的后面，我们穿过那道门，走进了一片辉煌神圣的火光中。我从未见过如此壮丽、如此迷人的景象，我被眼前的一切惊呆了。小姐少女般笑着说，口气比刚才还要亲切：

"光是不是有点儿刺眼？你要努力忍受它，适应它。然后它对你就意味着快乐，一个人必须知道如何忍受和如何感受，才能发现快乐。我觉得，你可以把它看成是你未来幸福的象征，你看那里发生了什么？光在消隐。光，衰亡了。明白了吧，雅各布，你无法拥有持久不衰的幸福。我的坦诚让你难受了吧？不会的。来吧。我们得抓紧一点儿，还有一些令我们震惊的可看之处。告诉我，雅各布，你能明白我的话吗？但你不用回答我。你在这儿不许说话。你是不是觉得，我是一个女巫？不，我不是女巫。不过，稍微来点儿法术，勾引一下什么人，我还行。这是每个姑娘都会的把戏。现在跟我来吧。"

说着，我尊敬的小姐打开了一个地窖门，门很沉，我不得不帮她一把，我们一起向下走，她总是走在前面，她先进到了一个很深的地窖里。我们迈下最后的石阶时，双脚踏上了潮湿柔软的土地。在我看来，我们好像已经置身于地心，如此深邃如此寂寥！我们沿着一条又长又黑的走廊往下走，本雅曼塔小姐对我说：

"我们现在要去的就是贫困和一无所有的世界，亲爱的雅各布，既然你很可能这辈子都无法摆脱贫穷，那你现在就应该努力适应这里的一切，要是你现在就习惯了这里的黑暗、寒冷、难闻的气味，以后再遇到类似的就容易对付了。别害怕，也不要生气。上帝也在这里，他无处不在。一个人必须学会爱危机，培养并保持危机意识。我现在请你亲吻脚下潮湿的泥土，对，就这里，去亲吻吧。做了，你至少向自己提供了一个感官证明，表明你愿意屈服于你生活中的艰辛和悲伤，现在看，这两者是你未来生活最大的组成部分。"

我听从她的指令，扑倒在冰冷的土地上，热切地亲吻它，与此同时，一股难以形容的冰冷和另一股同样强度的灼热交织在一起，冲击我颤抖的身体。我们继续往前走。哎，我们行走的这条路上，满是危机的折磨和无奈的放弃，对我来说，这似乎是一条没有尽头的痛苦长路，也许确实如此。一秒钟一如整个生命般漫长，一分钟就是一个多灾多难的世纪。够了，不说了，我们终于走到一堵荒凉的石墙前，小姐说：

"去抚摸一下这堵墙。这是烦忧之墙。在你的视线所及，它会一直伫立着。假如你恨它，向它挑战，那你就太不明智了。哦，你要盯着这不可调和的所在，盯着这堵石墙，尝试去融化它，过去试试看。"

我快步走到墙边，带着热情奔放的急切，扑倒在墙的胸前。没错，我要对这个石头的胸膛，对它说好听的话，带点儿幽默的好话。不出所料，墙岿然不动。我在演闹剧，当然是为了讨好我的老师，即使这样，我所做的一切都不过是闹剧而已。我们两个人都笑了：她，我的人生导师；我，她不成器的学生。她接着说：

"来吧，现在让我们享受一下自由，活动活动身体。"

说完，她用那根我们熟悉的女用白手杖碰了碰墙壁，顿时，眼前那个可憎的地下室消失了，我们站在一个光滑、开阔、狭长的冰场上，或者是一个玻璃的溜冰场上。我们好像穿着美妙的冰鞋，在冰上飘荡，我们翩翩起舞，脚下的冰场忽上忽下飘荡起伏，我们仿佛在波涛上漫舞。简直太美妙了。我从未有过如此美好的经历，高兴地大叫：

"太棒了！"

在我们的上空，暗蓝色的天幕上，星星璀璨地闪烁，月亮安静地待在自己的位置上，用一种超凡脱俗的明亮笼罩我们这些滑冰者，宛如一种凝视。这时，女老师对我说：

"这就是自由。自由是一种寒冷的东西，谁都不能长久地享有。人必须不停地动来动去，就像我们刚才在这里所做的那样，人也必须在自由中这样跳舞。自由是冰冷的，同时也是美丽的。不要爱上自由。否则你收获的只有痛苦。那只会让你事后难过，因为自由是一个瞬间的停留，不会持续更久，任何人都无法在自由中长久地停留。我们在这儿已经停留够久了。你看看，刚才我们脚下的冰场，我们美妙地在上面飘荡的冰场，就这样慢慢消失了。现在，你睁开眼睛就能看到正在消逝的自由。在你以后的生活中，这将是你经常看到的令人心痛的情形。"

她的话音未落，我们已经开始从抵达的高度下沉，从我们的愉悦中下沉，落入了疲惫和忧伤中，落入了一个小而精致、十分舒适的小房间里。房间里散发着梦幻般的香气，墙纸上画满各种淫荡的场景，整个房间的氛围充满了令人沉迷的满足。可以说，这是一个提供悠闲的房间。这里的悠闲就是我经常梦见的真正悠闲。现在，我就在这样的地方了，音乐从多彩的墙壁上流淌而下，一如雪花翩翩飞舞；人们好像正看着音乐被谱写，它的音调就是那些迷幻的雪花儿。本雅曼塔小姐说：

"你可以在这里入睡了。想睡多久就睡多久。"

听完她充满暗示的谜语般的话语，我们都笑了，与此同时，一股无法言说的温柔之恐在我心里漫延，尽管如此，我没表现出丝毫的犹豫，直接躺到我面前满是情色图案的地毯上，躺得舒舒服服。一支味道罕见之好的香烟从空中落入我不由自主张开的嘴里，我抽了起来。接着一本小说向我飘过来，正好落进我的手里，我立刻专心阅读起来。

"书里没有任何你需要的东西，不要读这样的书。起来吧，亲爱的，跟我来。软弱让人丧失正确思考的可能性，直接导致轻率，使人变得残忍。现在你能听见这声音吗？愤怒的轰鸣，翻滚着向我们威逼过来，这就是生活的不幸。你在这里已经享受了舒适和安宁。现在不幸就像倾盆的暴雨倾泻到你的身上，它们会用怀疑和焦虑把你浇透。来吧，勇敢地迈入这些我们无法逃避的厄运中。"

女老师这样说着，话音未落，我已经跌入黏稠的、令人难耐的湍流中，这就是怀疑之河。我彻底泄气了，我害怕甚至不敢四下张望，看看女老师是不是还在我身边。没有人，一切所见一切所触，连同把它们变幻出来的魔术师，我的女老师，都不在了，一切的一切都消失了。只有我一个人在游泳。我想尖叫，但我一张嘴，水就要呛进我的嘴里。哦，这难耐的不幸啊。我哭了，我没扛住淫欲的诱惑，后悔沉迷其中。就在这时，我忽然坐回到了本雅曼塔昏暗的教室里，本雅曼塔小姐依然站在我身后，抚摸着我的面颊，但她安慰的好像不是我，而是她自己，好像她比我更需要安慰。我想，她很难过。接着，克劳斯、沙赫特和西林斯基一起从一个出口走进来。本雅曼塔小姐飞快地抽回自己的手，闪进了厨房，去准备晚饭。刚才我是在做梦吗？假如涉及的不过一顿晚饭，我何必这样问自己呢？有时候，我对食物的迷恋令人咋舌。我可以像一个饥饿的工匠那样，吃任何低劣难吃的食物。于是，我的生活好像也走进了童话世界，一切回归原始，我不再是一个文明时代的文明人。

有时，我们的体操和舞蹈课非常有意思。我们必须展示自己身体的技能，而这并不是没有风险的事。我们居然可以让自己陷入难堪的境地。虽然，我们同学之间不会互相取笑。不会吗？谁说不会，只不过取笑的方式不同而已。不许用嘴进行嘲笑，那我们就用耳朵笑。用眼睛笑。眼睛是最爱笑的器官。为眼神制定规则，虽然可行，但不容易。比如说，学校规定不许挤眉弄眼，因为这样的眼神表示嘲笑，所以禁止，但有时我们还是不由自主地眨眨眼，挤挤眉。

因此，想把人的本能完全压制住，是不可能的。但这样的禁令还是起到一定的作用，它让人最大程度地戒除了不良习惯，即使偶尔还会泛起一些习惯的残渣余孽，也无伤大雅。比如说，瘦彼得就很难克服他至高无上的天性。比如需要他跳舞、优雅地展现自己的舞姿时，他表现得像一个木头人儿，而像木头人儿一样笨拙就是彼得的天性之一，是上天赐予他的一个礼物，一个来自上帝的礼物。哦，想一想吧，用一截截木头棍儿绑出一个又高又瘦的人形，足能让我们笑得人仰马翻。如此生动的笑，与木头的含义正好相反，木头是能够被点燃的东西，点燃一块木头如同点燃你内心的火柴。火柴擦火时的声响，和被压制住的笑声那么相似。我非常、非常喜欢，把我即将喷发的放声大笑，憋回去。这是让你心痒痒的愉悦：你不许笑出来，但你又太想笑出来。那些不许做的事情，都是我骨子里非常喜欢的事情。被压制、被憋回去的这一切，强制会导致它们变得更窘迫，但无形中也让它们变得更有价值了。

是，是的，我承认，我喜欢被压迫。虽然，但是，哦，够了，哪有这么多虽然但是，"虽然"先生应该离我远远儿的。我想说的是：那些不允许做的事情，你在别处可能加倍地做。没有什么比一个无所谓、仓促和廉价的允许更乏味的了。这也许就是我的命，我喜欢体验一切，比如笑，各式各样的笑我都愿意体验。如果我心里特想笑，忍住的笑，眼看就要迸发，但我还不知道，怎么把就要忍不住嘶嘶作响的像易燃粉末般的笑，释放出来，这种感觉下，我就知道了什么是笑，这之后，我才能笑得最好，笑到极致，然后我才能对引我发笑的一切产生完整的认知，而这是最令我震惊的（让你发笑的正是禁止你笑的所在）。

这之后，我必须绝对接受这样的看法，并把它当成坚定的信念来坚守：规章戒律把我们的存在变成银子，甚至可以点石成金，总而言之，禁止把我们的生活变得令人着迷。因为禁止迷人的笑声和禁止其他事情，包括禁止欲望都是一样的，只会让我们对此更着迷。例如，不许哭泣，然后呢，只会哭得更厉害。不要去爱，没错，这本身就是爱。如果我不应该爱，那我会付出十倍的努力去爱。一切被禁止的，都以百倍的叠加增值存在。所以那些应该死去的，会活得更有生命力。小事如此，大事亦然，说得漂亮，说得朴素，像日常生活中的大白话儿，但真正的道理不都藏在日常中嘛。我又有点儿扯远了，是不是？我可以坦然地承认，我在喋喋不休、啰哩啰嗦，话说回来，不多啰嗦几句，字里行间怎么填得满啊。因为书写必须充满一些东西。禁果，是多么多么可爱啊。

现在，在本雅曼塔先生和我之间，正游荡着我们双方都能看到的某种东西，类似禁果的东西。但我们都不明说，对此避而远之，此地无银三百两。其实，我一点儿不喜欢别人对我友好。我说的是通常意义上的不喜欢。有些人，对我很友好，但我对他们就不只是不喜欢，甚至厌恶，在这里怎么强调我的这种厌恶都不为过。当然，我也很欣赏温和、乐观的人，谁会鲁莽到摒弃一切亲密关系呢。但我总是提醒自己，不要和人走得太近，我不清楚，但在这方面，估计我有某种天赋，一句话都不用说，就能把那些试图接近我的轻率之人拒之千里，至少让他们明白，想骗取我的信任绝对是徒劳。我的温暖对我来说很珍贵，非常珍贵，任何想得到它的人，必须谨慎行事，而我的温暖正是校长先生现在希望拥有的。这位本雅曼塔似乎正想走进我的内心，各种迹象表明了这一点，他想跟我交朋友。然而，到目前为止，我对他的态度一直是冷若冰霜，谁知道呢？也许我并不想了解他，和他扯上任何关系。

"你还年轻，展望生活，前途无量……"

本雅曼塔先生对我说了诸如此类的话，并继续说下去：

"别急，耐心等待，哎，我还有话要对你说，但我现在想不起来了。你必须清楚，雅各布，我还有很多事情要对你说，但人总是这样，还没数到三，已经把最美好、最深刻的事情忘掉了。你看看你自己，你和你的记忆力一样清晰鲜明，而我的已经老化了。雅各布，我的脑子正在濒死状态。如果我在跟你的交谈中露出软弱，或者轻率，请原谅我。其实我只想笑。我请你原谅我，如果我觉得有必要，我还要打你一顿。你年轻的眼睛射向我的目光多凶啊。哎，哎，我可以把你甩到墙上，让你永远失去听力和视力。我都不知道，在你面前，我是如何把对你的统治权弄丢的。

你一定在私下里嘲笑我。但我还是悄悄提醒你：在这里要小心。你要清楚，我已经被狂野的东西控制了，在我能够阻止自己之前，我所有的理性都消失了。哦，我的小家伙，不要害怕。我绝对不会做伤害你的事情，但你要告诉我，我刚才想问你什么来着。告诉我，你是不是有那么一点儿怕我？你还年轻，还有希望，现在你就快找到适合自己的差事了，是不是？是的，就是这样。是的，这正是让我难受的原因。你想想，有时候，我觉得你是我的小弟弟，或者别的有血缘关系的亲属，你的举手投足，你说话的样子，你的嘴巴，总之，你在我面前表现出的一切，都让我觉得很亲近。我是被赶下宝座的国王。你在笑我吗？我认为你笑得好，笑得美妙，你知道，在我跟你说到那个被赶下台的国王时，你露出的笑容，很有意味，哦，你脸上一闪而过的那个坏笑。你很明白事理，雅各布。哦，和你聊天非常愉快。面对你，我可以表现得比平时更放松，可以展露自己软弱柔情的一面，这是让人心痒痒的诱惑。你诱惑人们在你面前随便、放松，甚至放弃他们的尊严。如果你相信你有这个诱惑力，那你就具有高贵的品质，人们在你面前，会不由自主地倾诉自己，向你忏悔，这不仅是有益的事，也很美妙。以我为例吧，我是你的主人，在你面前我好像很弱，但你在我手里，还是一个小可怜虫，只要我愿意，我随时可以把你捏得粉碎。把你的手给我。让我告诉你，你怎么才能获取我对你的尊重。我非常看重你，我允许自己向你透露这一点。现在我对你有一个请求：你愿意做我的朋友吗，我的小知己？我认为，你最好答应我对你的请求。当然，我会给你时间考虑这一切，你可以走了。拜托，走吧，让我一个人待着。"

这就是我的校长先生对我说的话，正如他自己所说的那样，他就是那个只要愿意就能把我捏碎的大人物。我现在不用再给他鞠躬了，那会让他难受。他真是在说什么被赶下宝座的国王吗？我不会像他建议的那样，不去想这件事，正相反，我要好好想整个事件，保持清醒的状态。总而言之，无论如何，我要谨慎小心。他刚才是在说野性吗？好吧，我不得不说，他的话让我很不舒服。把我甩到墙上，摔个稀巴烂，对我来说，也不是什么大不了的事儿。我要不要把这些告诉小姐？呸，不要啊。我有足够的勇气，对一些稀奇古怪的事儿保持沉默，也有足够的理智，弄清楚我怀疑的事情。也许本雅曼塔先生疯了。但不管怎么说，他像狮子，而我像老鼠。这都是可爱有利的好契机，悄悄潜入本雅曼塔学校的秘密中。前提是不要告诉任何人。有时候，能保住秘密就已经赢了。所有这一切不过都是愚蠢之举。完活儿。

有时，我真惊叹自己想入非非的能力！它几乎就到了荒诞的地步。一眨眼，我就成了一名战争中的上校，我想阻止这种事发生，根本没用，大约是在公元一四零零年，不，稍晚一点，是在米兰战役期间。我和手下的军官们大吃大喝地庆祝。我们刚打了一个胜仗，接下来的几天里，我们的名声将传遍整个欧洲。我们喝酒庆功玩得很开心。我们不是在什么房间里欢庆，餐桌就摆在开阔的田野上。夕阳西下，在我的眼前，太阳的光芒寓意着我们的进攻和我们的胜利。这时，一个活人被带了上来，一个可悲的恶魔，一个被逮住的叛徒。这个倒霉蛋儿低头看着脚下，浑身发抖，他心知肚明，自己不配正眼看指挥官。我瞥了一眼这个倒霉蛋儿，然后又瞥了一眼把他押上来的士兵，最后，我把面前的那杯葡萄酒一饮而尽，这三个动作意味着：带下去，绞死他。押解的士兵刚抓起他，这个坏蛋就绝望地大叫起来，喊得撕心裂肺，像被一千种可怕的酷刑拷打过似的。我的耳朵跟随我的生命，经历过无数大大小小的战斗，早就习惯了各种哭号和惨叫；一如我的眼睛也看惯了各种不同寻常、可怕而悲惨的景象，奇怪的是，我却无法忍受这个坏蛋的哭叫。我朝那个该死的坏蛋转过身，向我的士兵们摆摆手：

"让他滚吧。"

我用酒杯挡着嘴唇，急切地扔出这句话。接着出现的场面，既凄惨又令人厌恶。那个被我赋予重生的男人，这个罪犯，这个叛徒疯狂地扑到我的脚下，亲吻我鞋上的灰尘。我把他踢开。他的粗暴让我的感觉糟到了极点，心里满是厌恶。一直以来能够触动我的权利，完全来自我能够自由施展的暴力，那种暴力就像狂风卷走落叶一般，现在，我居然被另一个人另一种暴力触碰了，这让我多少有些不好意思，于是，我笑着命令那个浑身发抖的家伙滚开。见我这么说，这个人几乎失去了理智。从他的嘴里眼睛里同时迸发出动物般的喜悦号叫，他口齿不清地连说了几个谢谢，谢谢，最后爬走了。

我们其余人接着狂欢，热闹的欢宴持续到了深夜，第二天清晨，酒足饭饱的我们依旧坐在餐桌旁，我招待了教皇的特使，我摆出尊贵、威严的架势，再加上一点儿微笑，几乎让我自己都感到了特使的荣幸。我是英雄，是当天的主宰。半个欧洲的和平取决于我的心情，取决于我是否满意。但在外交场合，在使者先生面前，我装成一个傻瓜，一个良善的傻瓜。这很适合我的特质，我感到疲倦，想回家。我把战争带给我的好处一一抛开了。当然，后来我得到了伯爵的封号，我结婚了。现在，我从天上掉下来了，这一点都不用难为情，我成了本雅曼塔学校的十一个惹人喜欢的学徒之一，还能拥有像克劳斯、沙赫特、汉斯和西林斯基这样的同学，我还有啥不满足的吗？谁要是这时候把我脱光扔到寒冷的大街上，我会觉得我是无所不能的上帝本人。时候不早了，我得搁笔了。

对我们这些卑微得不值得一提的小学徒来说，没有什么事是滑稽好笑的。被夺走尊严的人总是认真对待一切，但有时也忽视一切，离草率几步之遥。我们的舞蹈课、礼仪和体操课在我看来就像是，郑重展示的重要甚至伟大的生活本身，眼前的教室也变幻为大人物庄严的房间，变成了一条挤满人的街道，变成了一座有古老长廊的城堡，变成要员的办公室，变成学者的研究室，变成女士的沙龙……你需要什么它就变成什么。我们必须进门、问候、鞠躬、说话、处理自己幻想出来的各种商务和各种需要解决的事情，递交订单，等等，之后某个突然出现的瞬间里，我们已经坐到了餐桌旁，用大都市人高雅的方式进餐，仆人在一旁伺候我们。然后沙赫特，甚至很可能是克劳斯，把我介绍给一位无比高贵的女士，我从容地跟她寒暄聊天儿。我们都像骑士那样行事，高个儿瘦彼得也不例外，反正他时时刻刻都觉得自己就是一个骑士。接着我们开始跳舞。

我们跳来跳去，本雅曼塔小姐微笑的目光跟随着我们，一刻都没挪开；突然，我们跑去帮助一个受伤的人，他在街上被车撞了；我们给那些假装乞丐的人一些小东西；我们写信；我们互相大喊；我们集会；我们寻找可以练习说法语的地方；我们练习脱帽；我们谈论狩猎、金融和艺术；我们走近需要我们攀附的夫人，顺从地亲吻她们出于慈悲向我们伸出的五根漂亮手指；我们到处闲逛；我们喝咖啡；在勃艮第①吃火腿；我们睡在幻想出来的床上；同样在想象中，好像早晨又到了，我们又起床了一样；然后我们说"你好，法官先生"；我们互相殴打，因为在我们生活中这是经常发生的事；生活中出现的一切，我们都要练习。对这些愚蠢的练习，只要我们流露出一点儿厌倦，本雅曼塔小姐就用她的小白棍儿敲桌子边儿，边敲边说：

"Allons②，继续，孩子们。工作！"

然后我们又得继续工作了。我们像黄蜂一样在房间里游荡。没人能真正形容出我们的状态，当我们又精疲力竭的时候，女老师马上就喊起来：

"怎么回事？你们这么快就厌倦了公共生活？来，动

① 法国地名，盛产葡萄酒的地区。
② 法语的"来吧"。

起来，演示一下，生活是什么样的。这一点儿不难，但你们要活泼一点儿，要留神，不然你就会被生活践踏。"

接着，新一轮练习又开始了。我们练习旅行，旅行中我们伺候的主人净做傻事。我们去图书馆；我们在那里学习；我们是士兵，崭新的新兵，我们必须卧倒，学习射击；我们去商店买东西；我们去浴池洗澡；我们去教堂祈祷：

"上帝啊，不要让我们陷入摇摆和困惑。"

一眨眼，我们已经身陷严重的错误和罪恶之中。

"停，今天就到这儿了。"

如果演练到了结束的时间，本雅曼塔小姐就会这样命令我们，于是，我们臆想出来的生活也结束了。接下来，被称之为人类生活的梦想，拐入另外的方向。通常情况下，我去散步半小时。每当我坐在绿地的长椅上休息时，总会遇见一个姑娘，她好像是个女售货员。每次，她都扭头看我，目光久久不移开。她总是很疲惫的样子。顺便说一句，她把我当成那种每个月都能领薪水的绅士了。我的样子看起来不错，也很像这样的绅士。但她搞错了，所以我也没必要搭理她。

我们也时不时地演戏，而且是喜剧，最后演变成滑稽闹剧，持续到女老师用眼神儿制止我们，我们才能停下来：

母亲：我不能把我的女儿嫁给您。您太穷了。

英雄（主人公，女儿的情人）：贫穷并不是耻辱。

母亲：别说这些没用的，说点儿实在的，您有什么前途？

女儿：妈妈，我总是非常尊重你，但我现在必须提醒你，请你对我爱的人说话客气些。

母亲：闭嘴！有一天你会感谢我对这位先生的严厉态度。我尊敬的先生，请您告诉我，您在哪儿上大学？

英雄（这个角色是波兰人，所以由西林斯基扮演）：仁慈的夫人，我在本雅曼塔学校学习，同时我也请您原谅，我提到我们学校时流露出来的骄傲。

女儿：哦，妈妈，您看，他的行为举止多么得体、多么潇洒啊。

母亲（严厉地）：别再跟我说什么举止风度之类的废话，过去贵族奉行的那一套，早就不时髦了。先生，请您帮我个忙，实话告诉我，您在半个那门塔学校都学了什么？

英雄：请您见谅，我们学校的名字不是半个那门塔，是本雅曼塔，您问我在那儿都学了什么，我不得不说，我在那里学到的东西不多，但像您刚才说的那样，现在知识学问这一套也不时髦了。

女儿：您听到了吗，亲爱的妈妈？

母亲：给我闭嘴，你这个笨蛋，别告诉我，你相信他说的这些废话，难道你还要认真对待他的这些胡说八道吗？！我年轻英俊的绅士，如果您现在从这里走开，走得远远儿的，再也别让我看到您，您就是帮了我的大忙了。

英雄：您怎么敢如此无礼地对待我？好吧，既然已经这样，那我就告辞了，再见，我走了。

英雄走下台，等等。我们演出的这些小戏的内容，常常跟我们学校、跟我们学生生活相关。一个小学徒在舞台上经历各式各样的命运，好的，坏的。他在这个世界上可以获得成功，或者一败涂地。无论如何，每出戏的结局都是对我们卑微职业的赞颂和象征性的肯定。为他人奉献自己——这是我们所有戏剧的道德前提。我们在台上表演的时候，我们的本雅曼塔小姐坐在观众席，扮演观众。她坐在一个包厢里，用望远镜看着台上，也就是盯着我们这些演戏的。克劳斯是最差的演员。他一点也没有演戏的特长。瘦长彼得演得最好。舞台上的海因里希同样魅力四射。

我在这个世界上好像只做吃饭这件事，我一这么想，心里就会有某种被冒犯的反感。我很健康，而且会一直保持健康的状态，我可以胜任任何需要我去做的工作。我不会成为我的国家、我的城市的累赘，拖累它们。如果我还是过去的雅各布·冯·贡滕，还是这个贵族家族的后裔，我会这么想，也就是说会有这样的想法：当一个卑微的人，天天浑浑噩噩地混日子，就是蒙羞受辱，但我现在完全、完完全全变了，变成了另一个人，一个普通人，这要归功于本雅曼塔学校，他们用一种难以言说的知足常乐的雨露不停地滋润我，让我心里长满了知足和满意，让我脸上闪着满足的光芒。我改变了之前对尊严和荣誉的理解和态度。

我是怎么走到这一步的，如此年轻已经如此退化，这是退化吗？也许在某种意义上，这是退化，但另一方面它是物种的进化。现在，我作为一个失落和迷失的人活着，但比起我们贡滕家族的人，难道我的活着不是更纯粹、更值得他们骄傲吗？贡滕家的人只是坐在老祖宗的家谱上，自甘堕落，变得没心没肺、形销骨立。好吧，该怎样就怎样吧，我已经做出了选择，而且我会忠于自己的选择。我拥有一种神奇的能量，促使我重新认识了解生活；同时我还有一种无法抑制的渴望，让所见的人和物统统向我敞开并展示他们自己。这会儿我想起了本雅曼塔先生。但我不愿意想他，我要想点儿别的事儿，也就是说，我可以不用再想任何事了。

通过约翰的好心介绍，我认识了很多人。他们中有一些是艺术家，看上去都是很不错的人。不过，就这么轻描淡写地接触一下，能对人家做什么评价呢？实际上，想在这个世界通过努力取得成功的人，彼此有着惊人的相似——那就是可怕。他们的脸看上去没有区别。真的没有区别，就是没有区别。他们脸上都有一种挤出来的、眨眼就消失的可爱和友善，我相信，这正是他们内心恐惧的外化。他们快速潦草地应对人和事儿，目的是把注意力放到新出现的事情上，一如之前那样快速地应付过去。这些很好的人，从不轻视任何人，但是，他们很有可能轻视一切，只是不表现出来而已。而这种藏而不露，不是因为他们担心自己，会突然因不小心失态或者失言而陷入难堪。他们表现友善是因为厌世，他们表现可爱是因为恐惧。他们中的每个人都希望自己被尊重。这些人都是骑士。他们看上去似乎从来都没舒服过，好像总是忧心忡忡。一个人整天想的都是从他人那里获得尊重和认可，仿佛这就是生命的价值所在，这样的人又怎么能舒服地过日子呢?！当然，我相信，他们已经完全变成社会的动物，不再拥有任何人的自然属性，所以，他们已经感觉到来自后代的胁迫，担心自己被取代、被淘汰。

他们每个人都能感觉到那不可思议的悸动，感觉到那些很有天赋的新人，像隐秘的窃贼一样悄悄逼近，散布在他们周围，动摇了他们的地位，甚至构成了某种损害，这也是为什么在这些人的圈子里，新人总是最抢手和最受青睐的，因为新人通过自己的头脑、才能甚至天赋证明了自己的优秀，确立了自己的地位，那么剩给这些前辈的就只有伤悲了。顺便补充一下，我刚才说得过于简单了。在他们那个圈子里肯定还有完全不同的存在。这些先知先觉的文化人中间，弥漫着一种无法忽视、无法误解的疲惫。不是贵族阶层常见的那种无聊的慵懒，不是，是一种真切的、无比真实的疲惫，是那种只能被更高级、更敏感的感知捕捉到的疲惫，它是健康者和不健康者都有的疲惫。他们都受过良好教育，但他们能做到互相尊重吗?

如果他们能坦诚老实地思考，他们也许对自己的社会地位很满意，但是真的满意吗？顺便说一句，他们中也有一些富人。但我在这里要谈论的不是富人，因为人一旦有钱，无形中就会改变人们对他原有的看法，于是，钱变成了人们对这些富人重新评判的前提条件。他们都是彬彬有礼的人，在他们的艺术领域成就斐然，有影响的人，我必须诚挚地感谢我的兄弟，他让我了解了世界的另外一小块儿。在那个世界的小圈子里，大家都喜欢叫我小冯·贡滕，避免同约翰混淆，他们把约翰命名为大冯·贡滕，就差受洗了。这似乎就是幽默，这个世界上最被认可的就是幽默了。但我不喜欢，话说回来我喜欢与否一点儿不重要。如果有谁跟我说起世界，我会觉得，他们的那个世界几乎跟我没关系；但是，我在心里默默说出的那个世界，对我来说是另一个世界，一个非常壮观、非常有吸引力的世界。然而，我兄弟却一直在努力，把我带入人群，引导我与人相处，渐渐让我感觉自己有责任，充分利用与人相处的益处。与人相处可不像说的那么简单，事儿多着呢。而我认为，事儿宜少不宜多，即使是最小的事情，对我来说也是太多。要全面深入了解几个人，都可能需要搭上一生的时间。这些都是本雅曼塔学校的基本原则，而这个世界运行的原则与本雅曼塔的又是那么不同。我宁可去睡觉。

　　我永远无法无视像我这样的人的后代，从底层做起，从最底层做起，没有任何向上爬所必需的特质。也许，就是这样的。一切皆有可能，但我不会让自己沉迷在自欺的瞬间中，以为幸福和魅力会降临到我身上。我没有任何向上爬的美德。有时我很狂妄，但都是一时兴起的情绪产物。然而，向上爬的人或者说暴发户，他们更狂妄更无礼，因为他们让人看到的是永恒的谦逊，持续不断的谦卑和持续不断微不足道的姿态，有这样的谦逊和卑微吗？谁更无礼？那些取得成就的暴发户，全傻乎乎地守着自己的成果，这是他们明摆着的特点。但他们有时也可能神经兮兮、暴躁、愤怒、阴郁，甚至对"所有事情"感到厌倦，但所有这些情绪，都不会妨碍或影响到那些真正的暴发户。真正想向上爬的人不会受情绪影响，而且永不知疲倦。

　　这些人都是要当主人的，也许还是到处炫富的浮夸之人，我步其后尘，也许我是和他们不一样的人，不管怎样，我得伺候人家，认真地伺候，忠实、可靠、坚定，不带任何杂念，完全不考虑个人利益地如此这般安分守己地去侍奉，我才配当一个真正的仆人；我发现，这么想之后，自己和克劳斯有点像了，难免有点惭愧。

　　但没人能拥有我面对世界的态度，他们看重的那些所谓伟大的、吹得光彩夺目的东西，在我看来都很粗俗，不过是些灰暗、死板、固化的粗鄙之物。是的，我会成为一个侍者，我会一次又一次地履行我的义务，对我来说，这永远是至高无上的荣耀，如果有人对我轻声说句感谢的话，我会激动不已，满脸通红像个傻瓜。的确很傻，但这是真的，面对人家的感谢，我难过不出来。我不得不承认：我从不悲伤，我从来没感到过悲伤，也从来没有感到孤独，当然，这也很愚蠢，因为多愁善感和人们称之为哭喊的行为，都是钻营和往上爬最简捷、最有效的方法。但我要感激的是，我看重的不是这些，而是付出努力，通过辛苦的劳动，去争取自己的荣誉和声望。在我父母家里，满屋满墙都散发着这种诡计的"香气"。好吧，我不过这么说说而已。我父母家的一切都很雅致，而且很明媚。整个家宛如优雅、慈祥的笑容。妈妈无比优雅。不想再说了，作为这样家庭的后代，被贬为六等贱民，去侍奉世人。尽管如此，我还是觉得很适合我。因为，哦，约翰怎么说来着：

"有权势的人，都是饥饿的人。"

我不是很情愿相信这样的话。我真的需要安慰吗？谁真能安慰得了一个雅各布·冯·贡滕家的人吗？只要我身体健康，就不需要任何安慰，没人能安慰像我们家族这样的人。

如果我愿意，如果我强迫自己，我可以把任何东西拿过来膜拜，哪怕是最恶劣的行径，但有一个前提：这丑陋必须跟拜金相关，必须散发一些铜臭。那些举止恶劣的人需要随手丢下二十马克铜板，才能让我向他们鞠躬，甚至对他们的背影鞠躬。顺便透露一下，这也是本雅曼塔先生的一贯主张。他说，蔑视来自丑陋之人的金钱和好处，是错误的认知。我们这些本雅曼塔学校的学生要重视、尊重这些，而不是轻视它们。

再说别的方面。体操，美好的运动。我酷爱体操运动，理所当然我也是优秀的体操健将。结交高贵之人和做体操，一定是这个世界上最美好的两件事。舞蹈，和发现一个能引发我尊重的人，对我来说，是同样美好之事。我喜欢运动大脑，也喜欢摆动四肢。一个人仅仅能摆动双腿，就美翻了！体操不愚笨吗？最后也不过是做无用功。难道我所喜欢所偏爱的一切，最后都导向一无所获吗？等等，听！那是什么？有人在叫我。我只能先写到这儿了。

"雅各布，你还努力保持坦诚吗？"

女老师本雅曼塔小姐问我。那是临近傍晚的光景。一抹微红的余晖，宛如夕阳的倒影，无比美丽。我们站在宿舍门前。我一走进房间，就把自己交给直觉的指引，我对她说：

"本雅曼塔小姐，您怀疑我为认真和坦诚所做的努力吗？在您尊贵的眼里，我是个骗子，是个小丑吗？"

我估计，我说这话时的表情有些悲切。她把美丽的脸转向我说：

"这是什么话，别这么说，你是个好男孩儿。你话说得有点儿难听，但我很喜欢你，你很正派，很本分，给人留下的印象都很好。这么说，你高兴了吧？嗨？听见我说没？你每天早上都把床铺得平整漂亮吗？没有？是不是也有一段时间了，你没遵守校规？没遵守吧？还是遵守了？嗯，我相信，你是一个听话的孩子。怎么赞美你都不为过。对，怎么表扬你都不够。表扬赞美你的话可以装一水桶，你这么想吧，到处都是赞颂你品行的美誉之词，这些话多得用扫帚都扫不净。不，雅各布，现在，我们说点儿正经的，你好好听着。我必须认真地跟你说一下。你是现在听，还是先回你房间，我们再找时间？"

"您现在就说吧，尊敬的小姐。我在听。"

我焦虑不安地等待她开口。但女老师忽然浑身一抖，一副魂不守舍的样子。但她很快镇定下来，说道：

"我先走了，雅各布，我先回去了。我要说的事与我有关。但我现在不能告诉你。也许另外找时间。好吗？是的，这样好不好？也许明天，也许八天后。到那时还有充裕的时间，让我告诉你一切。告诉我，雅各布，你是不是有一点喜欢我？你拍拍你年轻的心房，告诉我，我在那里有位置吗？"

她站在我面前，嘴唇紧抿，看上去有些生气似的。我飞快地弯下腰吻了吻她垂在长袍下的手，她的手上满是渴望，令我十分留恋。我感到说不出的幸福，终于可以这样当面告诉她，我一直以来对她的感情。

"你会珍惜我吗？"

她用尖利的高音，几乎窒息般地说出了这句话，仿佛会在话音降落时死去。我说：

"您怎么可以怀疑我？您要是这样想，我就太不幸了。"

我难受得差点哭出来。我果断地放下她的手，重新摆出恭敬的姿态。她一边用几乎乞求的眼神看着我，一边离开了我。曾经那么专制的本雅曼塔学校，现在发生了怎样的变化啊！这里的一切好像都萎缩了，所有的课程，所有的强制，所有的规章萎靡不振。我是在死人的屋子里，还是在充满欢乐和幸福的天堂？有什么事情正在发生，但我还不知道。

我居然敢当着克劳斯的面，对本雅曼塔学校做了一个评价。我说，我明显感觉到，本雅曼塔一直拥有的辉煌变得黯淡无光。到底是怎么回事？克劳斯也许知道些内幕？他生气地说：

"你这个家伙，脑子里摇晃的都是愚蠢的幻想。怎么能胡思乱想到这个分上。你干点什么正经事，你也能做的，然后你脑子里就没有这些乱七八糟的东西了，眼睛也清净了。你这个喜欢偷窥的小人，总把鼻子伸进别人的想法和观点里，滚吧，别让我再看到你。反正我很快就永远不用再见到你了。"

"你从什么时候开始，变得这么粗鲁了？"

我说完离开了，我宁愿让他一个人冷静冷静。后来，在当天我还是找到了机会，和本雅曼塔小姐谈了克劳斯的事。她对我说：

"是的，克劳斯和其他人毫无相似之处。他坐在那里，直到人们需要他，喊他，他会离开起身，迅速奔到你那里，听从指令。像克劳斯这样的人，无需他人的夸奖和赞赏。没人真正称赞过克劳斯，也几乎没人对他心存感激。人们只是从他那里索取：你做这个，然后，你再做那个。人们几乎没感觉到自己被服侍了，而且是被完美地服侍了，被那么完美地伺候了。克劳斯这个人本身什么都不是，但是创造他、赋予他这些品行的人是有价值的，可我们摸不着他的踪影。拿你为例吧，雅各布，人们称赞你，这让人感到愉快，你也感到舒服。但对克劳斯，人们就没什么好话可说，也谈不上喜欢不喜欢。与克劳斯相比，雅各布，你简直就是邋里邋遢。但人们认为你比克劳斯可爱。至于别的，我还不想跟你说，因为你现在还听不懂。克劳斯很快就要离开我们了。这是一个损失，雅各布，哦，这绝对是一个损失。克劳斯不在那里了，谁还能在那里？你？这倒是真的，但你现在生我气了吧，是不是？是的，你生我气的原因是，因为我对克劳斯的离开感到难过。你在嫉妒吗？"

不会的。对克劳斯的离开，我说，我也很难过。我故意说得很正经。其实，克劳斯走了我特别难受，但我觉得表现得稍微冷漠一点儿是适合的。后来我想和克劳斯谈谈，但他带着令人难以置信的坚决，拒绝了。他闷闷不乐地坐在桌边，对谁都没话，一句话都不说。他也感觉到了学校有什么事不太对劲，但他啥也不说，或者只在心里对自己说。

　　经常，我的内心被巨大的挫败感占据。每当这种时候，我就站到教室中间，开始各种胡闹。顺便补充一句，都是相当幼稚的恶作剧。我把克劳斯的帽子戴在头上，或者顶起满满一杯水，等等。要是汉斯在就更好了。可以跟汉斯一起扔帽子玩，把一顶顶帽子朝对方脑袋扔去，让它稳稳地像黏住一样扣在头上。克劳斯非常鄙视我们的胡闹。沙赫特找到了当仆人的工作，干了三天，又回来了，憋在心里的各种不满和各种怒气，动不动就无缘无故地爆发出来，让人很难忍受。

　　我不是早就说过，沙赫特步入社会后，表现肯定很糟糕吗？他会被安排在各种行政岗位，在各种职位和指责中纠缠挣扎，没有一个让他满意。现在他说，工作过于辛苦，开始抱怨他经历的那些雇主，他们狡猾、恶毒、懒惰，极不称职。他刚开始工作，他们就给他安排不适当的累活，存心刁难他、折磨他，直到把他整崩溃。哦，我相信他说的是真的，我的意思是，我完全相信他说的一切，因为这个世界对于病态的、敏感的人来说，总是难以想象地粗暴、专横、反复无常而且残酷。好吧，沙赫特暂时还会住在学校。他刚回来的时候，我们有时嘲笑他，这是在所难免的，沙赫特是年轻人，他还不至于觉得，生活会给他准备优待和关照，谁都会小心呵护他。现在，他经历了第一个失败，我坚信，还有二十次接二连三的失败在等着他。生活野蛮的法则，对某些人意味着一连串沮丧和令人惊恐的打击。像沙赫特这样的人，一生下来注定要没完没了地吃苦，经历生活持续不断的磨难。沙赫特想被认可，想到处受到欢迎，但他永远做不到，因为没这个命。生活中的艰辛和无情会以十倍的强度落到他身上，所以，他对这些痛苦的感受也比他人来得更强烈。可怜的沙赫特。他还是个孩子，他应该随着音乐起舞，无忧无虑地生活在充满善意、温柔与和谐的地方。对他来说，应该有隐秘飞溅的流水和鸟语花香，应该有一个王国，他可以乘坐温柔白净但属于夜空的白云进入的王国：

"哦，我怎么样啊？"

他的手只适合做点儿轻松的手势，而不适合干重活。风应该轻拂他的脸；甜言蜜语应该簇拥在他的身后。沙赫特的眼睛可以安宁幸福地闭着，如果早上他在温暖、肉感的枕头上醒来，他可以再次安然入睡。对于沙赫特来说，完全没有也根本不存在适合他的职业，因为任何职业对他这样的人来说都是不合适、不体面、甚至是不正当的。与沙赫特相比，我天生就是当下人的粗身板儿。哎，沙赫特将被压垮，某一天他会在医院里结束自己黯淡的一生，或者在如今已经很现代化的某个监狱中受煎熬，身体和灵魂一起慢慢腐烂。这会儿，他在教室的角落里徘徊，惭愧地低着头，对着令他厌恶但又无法提前预知的未来瑟瑟发抖。本雅曼塔小姐忧心地看着沙赫特，但她也无法替他分担什么，因为她的私人生活也不是那么顺遂，需要她忧心的事多着呢。更何况，她也帮不上沙赫特什么忙。只有神必须而且能够做到这一点，但是神并不存在，也许只有一个神是存在的，但他太伟大了，高高在上，对这样的小忙是无能为力的。帮助人们，为人们减轻负担，不是万能者能做的事情，至少我这样认为。

现在，本雅曼塔小姐每天只对我说几句话，有时在厨房里，有时是在安静寂寥的教室里。克劳斯表现得好像他在学校还能再待个十几年。他干巴巴地背诵课文，好像一点儿也不忧虑。其实，他是忧虑的，但因为他平时看上去的样子从来都是忧虑的，所以眼下的忧虑显示不出来。克劳斯不具备急躁的素质，也没有表现出不耐烦的能力。

"等等看"，这几个字好像已经庄严地写在他的额头上。是的，本雅曼塔小姐也这么说过，她说，克劳斯拥有某种至高无上的神圣，的确如此，他不显眼的根性中闪烁着某些主宰者的风范。昨天，我斗胆对我的小姐老师说：

"假如我有过一次，仅仅转瞬即逝的一次机会，小小的一次，充满自信地面对您，而不是带着百分百纯粹的崇敬之情，整个人都陷入对您的敬重中，那我会恨死自己，我会折磨自己，我会用绳子吊死自己，用最致命的毒药毒死自己，用刀，管它什么刀，割断我的喉咙。不，我的小姐，我说的这种失礼是完全不可能的。我永远不会伤害您。看看您的眼睛。您知道您的眼睛对我有着怎样的意味吗？您美丽的眼睛一直是我的命令者，是我永不能触及的美丽禁区。不，不，我没有说谎。只要您出现在门口！我便不再需要天空，永远不再需要月亮、太阳和星星。您，是的，对我来说您就是这些高贵的存在。我说的是实话，小姐，我必须固执地认定，您不会认为我说的这些都是恭维话，一点儿都没有恭维的味道。我甚至开始憎恨未来可能有的幸福，我痛恨生活。是的，是的！而且，我很快就像克劳斯一样，离开学校，走向那讨厌的生活。您一直是我健康的躯体。如果我读一本书，那是您，而不是书，您就是那本书。是的，就是这样的。我有很多时候很不听话，表现不够恭顺。有好几次是您不得不警告我，不要被自己妄想出来的所谓的傲慢吞噬淹没。您这么一说，我的那股傲慢立刻就消失得无影无踪。我多么在意本雅曼塔小姐所说的一切啊。您在笑吗？是的，您在微笑，您的微笑一直激励我，让我变得善良、勇敢和诚实。一直以来，您对我太好了。您对我这个不听话的刺头儿真是太……太……太好了。在您的注视下，我那么多过失错误纷纷瓦解，落到您的脚下，请求宽恕。是的，我不喜欢走向生活、走进这个世界。我鄙视未来的一切。只要您一走进教室，我就激动得不行，自己也变成了地道的傻瓜。很多时候，我对您……您可以想想自己，是的，我必须承认，暗地里我曾想过夺走您的尊严和高贵，我绞尽脑汁，但在我精神的任何角落，都找不到一个字，哪怕是一个小字，能对您构成贬低和侮辱，我找不到任何能伤害到您的可能。然而，您对我的惩罚每次都让我陷入悔恨和不安中。是的，每次都是这样，小姐，我不得不永远恭顺您。我这样说，您生气了吗？但我，我很高兴，我能把心里话都说出来。"

她对我眨了眨眼，笑了笑。对我所说的一切，有嗤之以鼻的不屑，更多是心满意足。而且，我能感觉到，她的心绪在别处，飘在很远的地方。她有些心不在焉，其实，这是我敢那样说心里话的唯一动力。我会小心谨慎起来，不再做这样的鲁莽之事。

当然，这不关我的事，从某个角度看也跟我没关系，但我还是注意到了一件奇怪的事儿，本雅曼塔学校不来新生了。本雅曼塔先生作为教育家的声誉会不会因此受损或者消失殆尽呢？他过去和现在都很享受这份声誉呢。如果真的是这样，绝对令人难过。但是，谁又能肯定，这不是我过度兴奋的幻觉呢。在学校我总是有点精神紧张，就像人们说的那样，观察力一会儿敏锐一会儿又迟钝了，最后变得神经兮兮。

这里的一切都是那么玄妙，给人感觉是站在半空中，而不是站在坚实的土地上，与此同时，学校的各种规范仍清楚地印在脑海里，也许就是这两者的反差形成了这种玄妙的效果。也许就是这样。我们在这里总是期待着什么，嗯，最后，期待一点点黯淡地消失。现在学校又严格禁止四处打听和抱有希望，自己倾听和等待，都是不允许的。而且，打听和心存希望是会消耗精力的。

本雅曼塔小姐经常站在窗前，久久地望着窗外，好像她已经身在别处了。是的，学校经常笼罩在这样的气氛下，不算良好也不算自然的氛围：我们所有人，从校长到我们这些学生，几乎都像活在别处。好像我们只是暂时在这里呼吸、吃饭、睡觉和醒来、上课和下课。像是有某种难以抵御的能量，振动翅膀咆哮地驱赶着我们。我们在倾听未来命运的安排吗？知道了又能怎么样呢？一切皆有可能。假如我们现有学生都离开了学校，但没有新学生进来，会发生什么？然后会发生什么？本雅曼塔兄妹会穷困潦倒、会被遗弃吗？如果我这样设想，我会生病，除了生病没有别的结果。不，永远都不会发生这样的事。永远不会。这是不允许发生的，但它要是注定发生怎么办呢，注定发生怎么办？

干练意味着不要没完没了地想，而是迅速从容地去做，投入自己所要成就的事业中。让勤劳之雨将自己淋湿，让必需的阻碍和磨难把自己变得坚定和强大。我不喜欢这样的金句。我要思考的是别的事情。啊哈，我想起来了，这件事与本雅曼塔先生有关。我和他又在他办公室见面了。

见面的目的还是我想尽快得到一个工作，我拿这件事调侃他。所以，这次我说了诸如此类的话，比如我的工作怎么样了，还有继续等待的必要吗？他的愤怒差一点儿就爆发了。唉，他很不识相，这时候还想生气愤怒，既然我已经开始调侃，就会胆子越来越大，继续激怒他。我大声、粗暴且毫无畏惧地质问他。校长非常尴尬，居然开始揉搓他粗陋的耳朵。当然，他没有人们所说的大耳朵可以把玩，他的耳朵按比例来说算不上大，只是这个人身上的一切都大，因此他的耳朵也很大。最后，他走到我面前，面带奇怪但还算和气的微笑，对我说：

"你真想出去工作吗，雅各布？但我告诉你，你最好留下来。我们这里对你和像你这样的人来说相当不错。这儿不好吗？你再好好想想吧。我甚至想建议你，活得懒散些，消极些，别总绞尽脑汁地东想西想。因为，你自己看看，在人类的生存中，我们所说的恶习发挥了多么巨大的作用，恶习坏品等如此重要，我都想说，没它不可，没有它们是行不通的。如果没有恶习和过失，世界就会缺乏温暖，缺乏令人激动的一切，缺乏财富。至少有半个世界，从本质上说，也许是更美丽的那半个，将会带着懒散和残弱死去。不，你不要这样，要放松。还有，还有，你要正确理解我的话，做你自己，你是怎样的就怎样，在这里也是一样，想怎样就怎样，但请你稍微松弛萎靡一点儿。你不想这样吗？你能不能说愿意？我很高兴看到你整天做白日梦。整天低着脑袋，满脑子都是乱七八糟的想法，一脸忧郁，你是不是这样？你这样对我来说，就是意志力太强、个性太多。你很傲慢，雅各布！你到底在想什么？你真以为，你能在外面的世界上干大事儿，取得伟大成就吗？你真是这样想的吗？你是认真的？去成就有意义有价值的事业？我很抱歉，你差点儿就给我留下这么一个令我终生难忘的印象了。或者，也许你跟自己的傲慢对着干，也许你想保持低调，让自己处在卑微的状态下？我是赞同你这样做的。因为你的表现总有点儿太外露、太冲动，过于得意扬扬，容易被胜利冲昏头脑。但这些也都没那么重要，重要的是，你要选择留下来，雅各布。给你一份工作，是我暂时还做不到的，但未来漫长的时间里我能帮你的事还有很多很多。你知道吗，我的愿望仍然是有一天能拥有你。我还没得到你，你就想远走高飞，那怎么行，你说呢？那是不可以的。在学校里，你就舒舒服服地待着，想怎么舒服就怎么舒服地待着，不会无聊的。哎，你这个梦想征服世界的小傻瓜，在外面的世界里，你得工作，你得奋斗，还得努力实现目标，这样的生活才是无聊的海洋。在那里，除了无聊，每天像海浪一样拍击你的还有荒凉和孤独，直到搞得你昏昏欲睡。还是留在这里吧。让你对外面世界的渴望多保留一段时间。你根本不会相信，等待中有怎样的幸福，还有巨大的渴望，这一切都藏在等待中。所以，别着急离开，再等等。至少让你的焦急隐藏在心里。但不要太强烈。听着，你要是离开，会让我很痛苦，会给我带来无法疗愈的创伤，说不定还会要了我的命。死亡？我必须得请求你了，请你笑话我吧，别犹豫。你尽情地嘲笑我吧，雅各布。我允许你这样做。现在，你都明白了吧。以后还有什么事我能禁止你做、我能不允许你做？我，我几乎，我对你几乎是依赖的，现在你相信了吧？我为你所做的一切，搞得我浑身发抖，也让我生气，但同时又带给我幸福感，雅各布。这是我第一次爱一个人。但你根本不理解。滚。走开，从哪儿进来的从哪儿出去。你这个混蛋，别忘了，我仍然可以惩罚你。你小心点儿。"

真是的，没想到我又成功地把他惹生气了。我飞快地逃离他的注视，他那阴暗的目光仿佛能穿透我。这目光，如此的目光！这就是校长先生的目光。在这里我必须重申一下，逃离某个地方，是我非常擅长的。校长先生对我说"你小心点儿"时，我已经举止合乎规范地飞出了他的办公室，不，不是飞，是像风吹口哨那样，嗖地隐遁了。哦，当然，无论谁都有必要时不时表现出对校长的恐惧。如果我不再害怕他了，那我就丧失了本分，那就不正常了，因为没有了恐惧，也就没有了战胜恐惧的勇气。我又回到走廊上，从他办公室钥匙孔听里面的动静，一片寂静。我像别的学生那样恶作剧地吐舌头，之后居然笑出声了。我相信，我从来没这么开心地笑过。当然，必须笑得极为安静。我是人们能想出来的最真实的压抑笑者。当我那样笑的时候，在我之上就没有任何存在了。那一刻里，我所拥有的一切，所能支配的一切，都无法被超越，都是至高无上的。我在这样的时刻里变得伟大。

　　没错，事实就是这样：我还在本雅曼塔学校，我还得小心地遵守这里的规则，我还得去上课，我还得举手提问，还得听老师的解答，还得听从命令、执行命令，克劳斯还是一如既往，每天早上生气地敲门叫醒我："起床，雅各布。"本雅曼塔小姐出现在教室时，我们这些学生还得齐声问候她：

　　"小姐，您好。"

　　当她晚上离开时，我们齐声说：

　　"晚安，小姐。"

　　我们还是被无数校规的铁爪紧握着，还得不停地练习那些单调无味的说教。此外值得一提的是，我终于进入了那个真正的密室，但我必须说明，其实并不存在什么密室，不过是两个房间而已，看起来都很普通。那里的家具摆设也都很简朴，很常见，没有任何神秘之处。奇怪的是，我怎么会有那么离奇的想法，以为本雅曼塔兄妹住在密室里呢？或许我是在梦中，现在梦醒了？但可以确定的是，那里有金鱼，我和克劳斯需要定期给那些金鱼换水，清洁鱼缸，加满干净的水。这鱼缸有什么魔法吗？在任何一个普鲁士公务员中产家庭里，都可能养金鱼，但他们的家庭并没有因此有什么奇特甚至不可思议的地方。

太精彩了！我居然如此坚信这里有密室。我曾想，在本雅曼塔小姐经常进出的那扇门后，会有一连串儿皇家气派的房间，精致蜿蜒的螺旋楼梯和宽阔的石头楼梯。在我的想象中，在那扇简朴的大门后，还有别的铺着地毯的楼梯。还有一个相当古老的图书馆在那儿，还有长长的走廊铺着色彩明亮的软垫，从"古堡"的一端延伸到另一端。就凭我的这些想象再加上我的愚蠢，我很快就能组建一家上市公司，当然靠的是美丽但不可靠的想象。资金，对我来说并不短缺，只要对美的思考和信仰还没有丧失殆尽，就像基金虽然是一种纸，但到处都有接受它的买家。没有什么我想不到的事情！

还要一个公园，没有公园我很难生存下去。同样重要的还有一座小教堂，奇怪的是，我不需要一座弥漫浪漫的、废墟般氛围的教堂，而要一座精心翻新的小型新教教堂。牧师坐在早餐桌旁。还有什么？对，人们在那里进晚餐，人们聚集在那里商讨狩猎的事情。晚上，人们在骑士厅跳舞，高高的深色木墙上挂着家族祖先的照片。什么样的家族？你问倒我了，我有点结结巴巴、实事求是地说，我不知道。

现在，我深深地懊悔，总是这样做白日梦和创作。在古堡院内，又见雪花飞扬。雪花又大又湿，总是在清晨，天色尚还朦胧之时，飘在这样的冬天早上。对了，还有一个非常漂亮的东西必须想到，一座大厅，是的，我看到了一座大厅。迷人的大厅！三个高贵的老妇人坐在噼啪作响的壁炉旁。在我想象的尽头，我看到她们忘我地沉浸在手上的编织中，多么奇妙的幻想。这正是令我陶醉的所在。如果我有敌人，他们会说我这是病态，他们也有厌恶我的理由，连同我对那亲密编织情形的沉醉，都会被他们诟病。

接着，还有一顿美妙的晚餐，蜡烛在银质烛台上婀娜摇曳。桌边的美食饕餮者，伴着令人眼花缭乱、交杯换盏的闪亮，谈天说地。我真实地想象这一切无比美妙。当然还有女人。什么样的女人？一位看上去像名副其实的公主，她的确也是一个公主。那里还有一个英国人。女人的衣裙如何窸窸作响，裸露的乳房如何上下颠动！整个餐厅从头到尾飘散着香水的味道，像一条蜿蜒舞动的香气线条。富丽堂皇与简朴互相映衬，格调与愉悦融合，一如欢乐与精致的结合，一切都烘托着贵族与生俱来的优雅。

之后，这一切又飘浮起来，幻化出一些新的东西。是的，回到密室，它们存在过，也许可以这么说，现在，它们从我这里被偷走了。现实的野蛮就在于：它有时就是一个窃贼一个流氓。它偷东西，然后不知道拿赃物做什么。

很显然，它偷东西就是为了让别人难过，这让它觉得有趣。不过话说回来，难过、忧郁对我来说，都是非常珍贵的，非常有价值的。它让我们成长。

海因里希和西林斯基都已经离开学校。我们握手，说再见。然后各奔前程。非常可能，我们再不相见。这个亲切的告别那么短暂。人们刚想说点什么，又没想起合适的话语，于是就什么都没说，或者说几句蠢话。告别，对告别的双方来说都很残酷。在这样的时刻，人对生活的信念发生动摇，它让人感觉自己啥也不是。快速告别很无情，但漫长的告别令人无法忍受。我们又能做什么呢？现在，我们还是说点儿轻松的事儿吧。本雅曼塔小姐跟我说了一些很奇特的事情。她说：

"雅各布，我快死了。不要惊慌。让我慢慢跟你说吧。平静地和你谈谈。你说说，你是怎么变成我的知己的？从你踏入校门的那一刻开始，我就很喜欢你，我就认定你是一个可爱温柔的人。请你不要假装谦逊否定我的说法。你很虚伪。你不虚伪吗？好好听着，是的，我将走到生命尽头了。你能保守这个秘密吗？你必须对你现在所知道的一切保持沉默。最重要的是，不能让你的校长，我的兄弟知道任何事，牢牢记住这一点。我非常平静，你也要这样，我知道，你能够遵守诺言保持沉默，关于这一点，我很肯定。我被咬住了，一步一步堕入深渊，我知道那是什么。一切都令人悲伤，我亲爱的朋友，一切太可悲了。我期望你变得坚强，是不是，雅各布？是的，我恰好知道，你很坚强。你内心足够强大。换成克劳斯，他等不到我说完就崩溃了。我觉得这很酷，你能一滴眼泪也不掉。哦，如果你的眼睛现在湿了，那就太煞风景、太令人反感了。距离我的末日，还有一段时间。你这么专心听我说，多好啊。你倾听我悲惨的故事，就像倾听关注一件细小、微妙同时又平凡的琐事，好像这仅仅是一件引起了你注意的小事，仅此而已，你就是这样来听我的倾诉的。你可以超得体地控制自己的举止，假如你愿意付出足够的努力。当然，你很傲慢，这个我们都知道，不是吗？安静，现在别出声。你听，雅各布，死亡（哦，多好的一个词）就站在我身后。看，就在我对着你呼吸的时候，它也从背后向我呼出它那冰冷、可怕的气息，我在下沉，沉沦到死亡的气息中。它挤压我的胸部，让我透不过气。我让你伤心了吗？说话。对你来说，这是很难过的事吗？至少有一点难过，是不是？但是现在，你必须忘记这一切，你听见我说的话了吗？忘记！我会再来找你，就像今天一样，那时我再告诉你，我过得怎么样。你会试着忘记它，是不是？来，过来，到我这里来。让我摸摸你的额头。你多听话啊。"

她轻柔地把我拉近，在我的额头上留下一个轻吻，像一缕叹息。与其说是触摸，一如她所说的，但那个举动轻微得几乎构不成触摸。然后她悄然离开了，把我留在刚才的沉思中。

沉思？我在哪儿？我忽然又想到，我还是缺钱花。这就是我沉思中的思想。我就是这样的家伙，如此粗鲁，如此麻木。然后才是眼前的这件事，对，眼前的这件事：有什么东西不停地摇撼我的心，这时我才意识到，那如此冰冷的东西嵌入了我的灵魂深处。它直接把我推进悲伤的深渊，没等我感觉到悲伤，已经变成了悲伤本身。

我不是一个很愿意说谎的人，更不愿意对自己撒谎：这样做有什么意义呢？我宁愿对别人撒谎，而不是对自己撒谎。不，老天知道，我是怎样生活的，本雅曼塔小姐跟我说了这么恐怖的事情，而我，这么崇拜她的我，居然一滴眼泪也没有吗？我太坏了，事实如此。打住！我并不想过于贬低自己。我只是不知道该怎么面对，所以才会……这就是我撒谎的原因。都是谎言。其实，我知道这一切是怎么一回事。真的知道吗？又开始撒谎了。对我来说，告诉自己真相，是不可能的。无论如何，我要服从本雅曼塔小姐，替她保守这个秘密。我被允许服从她。只要我能服从她，就意味着她还活着。

假如我是一个士兵（我天生就是一名优秀的士兵），一个普通的步兵，在拿破仑的旗帜下服役，有一天我随军向俄罗斯挺进。我和战友们相处得很好，因为共同的苦难，因为一无所有，因为我们残暴的所作所为，这一切将我们紧紧连结起来，就像命中注定的生死弟兄。我们狰狞地看着眼前的一切，凶残又疯狂。可以这样说，我们有种凶狠，在我们的无意识中，是一种郁闷的愤怒，它也将我们凝结在一起。我们行军，总是肩扛武器。在我们经过的城镇中，呆呆注视我们的是一群疲倦不堪、虚弱不堪、仿佛已经睡着又被我们的行军脚步声唤醒的人，那真是一群垂头丧气的人。

可就连这样的城镇，前方也没有了，即使有也极为稀少，取而代之的是一望无尽的田野，在我们的视野中，细长的地平线遥不可及，但我们一步一步地朝那里进军。按照命令，我们必须走过或者爬过这片土地。现在又下雪了，漫天大雪笼罩我们，但我们必须一直前进。我们的双腿，现在就是一切。好几个小时的行军中，我目光低垂，只盯着脚下湿漉漉的土地。这期间我有足够的闲暇去忏悔，或者无休止地自责。无论怎样，我的腿会前后摆动，跟上行军。顺便说一句，我们的行军现在看有点儿疲沓甚至有些跟跄。

远处，在很远很远的远处，有时现出一个状如刀锋的山脊，它看起来像刀刃一样薄，其实是一片森林，很快我们就知道了，我们用几个小时穿越的这片森林的另一边，等着我们的是更加浩渺无垠的平原。偶尔会传来枪声。这些零星的声响提醒我们勿忘即将发生的事情、即将开始的激战。我们继续行军。军官们面带愁容，骑着马在队伍边前后巡视，副官们鞭打马匹，飞快地穿过队伍，他们都像被某种不祥的恐惧驱赶着。大家偶尔隐约地想到皇帝拿破仑，想起这位大将军，虽然模糊朦胧，至少还会想到他，而想到他就是一种安慰。

我们继续前进。行军经常被一些可怕的突发事件中断，被迫短暂停止。我们几乎注意不到这些停止，机械地继续前进。但是，记忆会涌上我的心头，表面有些朦胧，核心部分却异常清晰。它们像猛兽一样吞噬我的心，把我变成它们口中的猎物；它们把我送到某个亲切得像家乡一样的地方，金色浑圆的山丘上，笼罩着柔和的薄雾。传来的牛铃声，我甚至能听见它敲打我灵魂发出的回声。一片温柔的天空在我头上和缓弯曲，一如清澈的水彩画，色彩缤纷。

疼痛难忍，几乎让我发疯，但我还是继续行军。我前后左右的战友都还在，这意味着一切。双腿像一台古老衰退的机器，仍旧温顺地运转着。燃烧的村庄几乎每天都在眼前重复，看久了觉得乏味无聊，对这景象本身的残忍无感了。之后的某一天晚上，在越来越刺骨的寒冷中，我的战友倒下了，他好像叫查纳，他躺在地上。我想把他扶起来，但军官命令："让他躺在那里！"部队继续前进。之后，另一个下午，我们见到了我们的皇帝拿破仑，真切地看见了他的脸。他对我们微笑，他让我们感到了神奇的力量。没错，这个人永远不会用阴沉的表情破坏他士兵的勇气和斗志。必胜的信念，让我们在开战前已经赢得了胜利，我们在雪中继续前进。接着，是永无尽头的行军，长途跋涉，直到战役打响，而我幸运地活了下来，又开始行军。

"你，我们现在要朝莫斯科进发了！"

我们这一队列的什么人对我说。我不知道为什么、出于什么原因，我并没有回答他。我已经不再是一个人，只是大企业机器上的一个小小的组成部分。忽然间我对父母一无所知，我对亲属一无所知，我不再知道如何歌唱，感觉不到个人的痛苦，更对希望一无所知，家乡意味着什么，家乡对我有什么样的魔力，一切的一切我都感知不到了。士兵的纪律和忍耐把我变成一块坚不可摧但没有任何内在的大肉块。是它们继续行军，朝莫斯科前进。我不会再诅咒生活，过去已经诅咒太多了，我现在不再感到痛苦，曾经疼得我几乎抽搐的痛苦，我不仅充分地感受了，而且已经感受完了。我想，这大概就是当一名拿破仑麾下士兵的状态。

"对我来说，你就是一个虚伪的正确者！"

克劳斯这么对我说，实际上很不正确，但他继续说：

"你属于那种本身可能毫无价值，却偏要装出高人一等的样子的人，好像你真比那些有教养的人强似的。我什么都知道了，你就不用再多说了。在你心里，我不过是一个酸溜溜的说教者，一个总觉得自己占理的家伙。滚开，离我远点儿，你和那些跟你一样的牛皮大王根本不在乎我这样的人，你们所说的，认真点儿、保持警觉之类的话，究竟是什么意思？你天生就是一个爱炫耀的轻浮小人，这些把戏你都无师自通，而且你相信这些都是正当的，不是吗？你是不是觉得自己已经在轻浮王国起舞了？哦，你这个跳梁小丑，我看透了你。你总是嘲笑正确的一切，嘲笑恰当的一切，这些你不仅可以做到，还能做得非常出色，是的，是的，你们都喜欢这样做，你和你的兄弟，你们都是主子。但是别忘了多加小心。老天为你们也准备了电闪雷劈、暴风骤雪，还有命运的打击，这一切都还没有撤销，它们也可能降落到你们这些优雅之人、你们这些艺术家的头上，随便你们认为自己是什么吧，老天不会特别优待你们，他让你比别人少遭罪不过是一时兴起的闪念而已。跟我一样老老实实地背诵课文吧，别再跟我卖弄你嘲笑我的本事。这算能耐吗？！只要你觉得好玩儿，你就可以向我吹牛皮。我告诉你，我克劳斯非常鄙视你可悲的把戏。干点儿实事吧！提醒你一千次也不够，傲慢不能当饭吃。你知道吗？雅各布，你可以去主宰你的生活，只是别来烦我。你去征服你能征服的一切，我相信，会有人跪拜在你的脚下，任凭你随便挑拣。所有人都会奉承你们，所有一切都让你们称心如意，你们这群伪君子。你自己看看，你的手是不是还插在兜里？没错，我现在完全明白了。烤鸽子自动飞进嘴里的人，用得着付出辛苦，用得着努力吗？！用得着装成跟那些自己动手丰衣足食的人一样吗？！你再打几个哈欠，然后就更无可挑剔了。你现在看起来有点儿太镇定，过于镇定了，也太过谦虚了。还是你想给我制定几条规定？来吧，我洗耳恭听，期待得不行了。哼，你还是滚远点儿吧。不然的话，你装出的这副傻样子，会让我觉得自己搞错了，你这个……我差点就要张口骂人了。你的本事是激怒别人，我就对你发火了。赶紧收敛点吧，给自己找点儿真正的事做做。你已经丧失了一个人应该有的本分和体面，是的，你在校长面前的表现，我都看到了。我犯得着跟你这种可笑的笨蛋说这些吗？你能承认吗？你不这样的时候，还挺可爱的。如果你能向我承认这一点，我会用双臂紧紧拥抱你。"

"哦，克劳斯，最亲爱的人，你在挖苦我吗？你在嘲笑我吗？克劳斯也会这么干？这怎么可能呢？"

我说着，大笑着回到自己的房间，悠哉游哉。估计用不来多久，在本雅曼塔学校能做的，除了悠哉游哉，还能有什么呢？这里的一切看起来都给人"时日不多"的感觉，本雅曼塔学校气数将尽。但如果你这么想，你就错了。也许本雅曼塔小姐也弄错了；校长先生也错了；我们可能都错了。

我现在是一个"克罗伊斯"① 了。注意，是有价值的金钱意义上的富翁——闭嘴，不要谈钱。我过着一种特别的

---

① Krösus，取 Kraus（克劳斯）的谐音，字面意为"富翁"。

双重生活，一种是有规矩的，一种是没规矩的，一种是受管制的，一种是不受管制的，一种是简单的，一种是高度复杂的。本雅曼塔先生坦承，自己还从未爱过什么人？这样的话，他想借此表达什么意思？对我，对他的十一个学生，对他的十一个小奴隶，他要表达的到底是什么意思？姑且这么看，我们这些年轻人都是小奴隶，就像被从树枝和树干上吹掉的小树叶儿，任凭无情的风暴蹂躏。顺便提一下，我们这些叶子已经开始发黄了，而本雅曼塔先生就是风暴吗？那还有什么疑问吗？这完全不难想象，因为我经常有机会感受到他风暴般的咆哮，感受到他的阴暗和爆发的愤怒。他呈现出几乎无所不能的威势，相比之下，我这个小奴隶，太渺小了。

够了，不再说什么强权和威势。当一个人开始说大话吹牛时，已经在犯错误了。本雅曼塔先生有令人震惊的本事，同时也有表现软弱的技能，他表现出的软弱，令人发笑，这本事无人能及，也没人能忍住不笑。我相信一切，一切的一切都是软弱的，任何存在都不过是蠕虫的蠕动。嗯，是的，正是这样的启示和确信使我成为富翁，也就是说，让我成为克罗伊斯。克劳斯什么都不爱，也什么都恨，所以他是克罗伊斯，这品质让他变得无懈可击。他就像一块巨石，生活是惊涛骇浪，涌向他的美德。他的根性、他的本质充满了这样的美德，同样无懈可击。没人能爱克劳斯，那还谈什么恨他。人们喜欢漂亮的、有吸引力的一切，这也是为什么美丽漂亮的存在所面临被吃掉或被虐待的危险高于其他。

克劳斯身上没有这些值得吞噬、值得贪婪留恋的生命柔情。实际上，克劳斯是那么失魂落魄，又那么坚定、那么难以接近地屹立在那儿。像一个半神。但没人能懂这些，包括我……关于克劳斯我说的话，也不过是我刚刚想到，而且只能明白的那一点儿而已。也许我很适合当个牧师，成为某个邪教的领袖或者某种宗教思潮的阐释者。你看，我能做的事不少。我身上还是有可以做任何事情的潜能。至于本雅曼塔先生能做什么？我也很清楚，他很快就会向我讲述他的人生故事。他急迫地想坦白自己，想倾诉。他非常想这么做。但奇怪的是：有时候，我感觉自己和这个男人、和这个巨人好像已经合而为一，再也无法分开了，甚至永远。不过，人总是被错觉支配。

冷静，我要冷静下来。但不要过于冷静，不必。过于冷静就意味着冷漠傲慢了。为什么要对生活有所期待呢？一定要这样吗？连我这么渺小的人也得这样吗？那我必须表明自己的看法，我是渺小的，用不着期待什么，我的渺小已经到了毫无价值的程度，何谈期待？本雅曼塔小姐呢？她真的会死吗？我不敢想这些，也不该这样想。有一种更高级的感觉禁止我这样去想。不，我不是富翁。说到双重生活，实际上每个人过的都是双重生活。这有什么好吹嘘的？啊，所有这些想法，所有这些奇特的渴望，所有苦苦的寻求，我们向真理伸出渴求的双手！都让它如梦吧，都让它安眠吧。我听天由命，顺其自然，什么要发生，就让它发生吧。

我飞快地书写着，浑身颤抖。我的眼前闪烁着鬼火一样的光亮，上下飘动。要发生什么可怕的事情，似乎已经发生了，虽然意识或潜意识中我还没意识到发生了什么。

本雅曼塔先生发作了，他想掐死我。这是真的吗？唉，我的脑子不转了，无法思考，我无法告诉自己，已经发生的一切是不是真的。但我可以从浑身上下的伤痛，以及伤痛带给我的混乱中证明这是真的。

校长带着无法形容的怒火闯进来。他就像巴勒斯坦传说中的那个大力士参孙①，他摇晃着挤满人的宫殿的石柱，一直摇晃到举行盛典，充满淫荡欢庆的宫殿倒塌，直到撼倒象征胜利的石柱，摧毁邪恶。没错，还不到一个小时

---

① 《圣经》中的大力士。

前，这里根本没有什么邪恶，也没有需要摧毁的恶行，更没有胜利石柱或者什么凯旋门，但是发生了一样的事情，本雅曼塔先生干了和参孙一样的事情，完全一样，我陷入了前所未有的惊恐之中，像吓破胆的兔子那样瑟瑟发抖。

是的，实际上我就是一只兔子，我有理由像兔子那样逃跑，否则我的遭遇会更惨。我从他紧握的拳头下逃掉了，我怎么形容他的拳头呢，非常敏捷，我只能这么说。但我也确定，我在这个歌利亚①般伟岸巨人本雅曼塔先生的手指上狠咬了一口。也许这有力的一口救了我的命，咬下去之后的伤口和疼痛最容易让本雅曼塔先生清醒过来，也是让他恢复人性和理性的最快通道。虽然我这个行为有损我年轻的正直感和本分感，但它挽救了我的生命。眼前，我被掐死的危险并没有消除，它显而易见地萦绕在周围，不可思议的是，这一切都是怎么发生的、因为什么发生、怎么可能发生呢？他居然像个疯子似的扑倒我。他强壮的身体朝我扑过来，像一团发疯的黑色狂暴，又宛如向我袭来的巨大海浪，掀起我，再把我抛到坚硬的海浪之墙上，摔成碎片。巨浪向我袭来，将我压在坚硬的水墙上。我怎么又说起海水了。没错儿，纯粹的胡说八道，这都是

---

①《圣经》中的巨人。

因为我还没从惊吓和混乱中恢复过来。

"您这是做什么，尊敬的校长先生？嗨？"

我记得自己大叫着，一边喊一边发疯似的跑出他的办公室。然后我立刻俯身偷听。就像平时啥事儿都没发生那样，我站在走廊上，恢复了镇定，尽管我的四肢还在发抖，我还是凑过去，把耳朵贴在钥匙孔上，完成了偷听。我听到他在里面发出的轻笑。于是，我冲回教室，坐到自己的课桌前。我坐在这里，刚才的一切是我在做梦，还是亲身经历了，我真不知道了。不，不，你知道，刚才的一切都是真实发生的。这时候，要是克劳斯能来就好了。我多少有点儿害怕。要是好心的克劳斯在这儿该多好啊，他教训我几句就能让我恢复常态，就像他经常做的那样。我很想被人骂几句，被人训斥一顿，被人吼几声，被人严厉谴责，对眼下的我，这些都有说不出的益处。难道我还是一个孩子？

事实上，我从来都不是一个孩子，因此，我非常肯定地断定，我身上的孩子气将永远伴随我。我长大了，变老了，但我童贞的本质，因为从没真正消耗过，所以依然存在。我和几年前一样喜欢愚蠢的恶作剧，但也仅仅喜欢而已，我从来没有真正搞过什么愚蠢的恶作剧。很小的时候，我就在我兄弟的脑袋上敲出了一个窟窿。但这是一起事件，不是恶作剧。可以肯定，傻事儿和孩子胡闹的把戏，我没少干，但我更感兴趣的是想这些事，而不是干这些事。我很早就开始到处寻找事情的意义和深度，在这些愚蠢的恶作剧中我也没放弃过寻找有深度的意义。但我并没有因此更好地完善自己。当然，这只是我现在的一个断言。

也许，我永远都不会长大，无法成长。但会有一天，在我本性的源头发散出某些香气，我会成为一朵花，香气四溢，仅仅为了让自己闻一闻，享受一下，然后我会低下被克劳斯称为愚蠢、傲慢、桀骜不驯的头颅。我的双臂和我的双腿将变得少见地羸弱，我的精神、我的尊严、我的品格，一切的一切都会破碎凋零，接着我会死，不是真的死，只是某种意义上的死亡。然后，我也许就会这样生生死死，向六十岁活去，最后死去。我会变老。不管怎样，我不害怕自己。我不让任何恐惧走进自己的内心。我根本不尊重自己，我只是看着自己，我自己也同样冷漠地对待我。哦，暖和点儿了！多好啊！我总能找到温暖之地，因为我身上没有什么个性、没有什么自私的东西能够妨碍我寻找温暖、点燃热情、参与一切可以让我温暖的活动。我是多么幸运啊，在我身上看不到任何值得珍惜、值得看到的东西！我渺小得一文不值，这是我必须保持的状态。假如某一天，某一双手把我举起，扔到特权和它们发挥影响力的波浪上，那么我会毫不犹豫地粉碎对我有利的这一切，让自己沉入低沉、一无所有的黑暗中。因为我只能在底层好好地呼吸。

我完全配合学校实行的各种规定，比如，他们命令我们这些学生、我们这些尚未涉世的学徒，我们的眼睛必须炯炯有神，必须闪烁出活泼和意志坚定的光芒。没问题，眼睛就是用来表达灵魂的坚贞。我鄙视眼泪，虽然我也哭过。当然，更多的眼泪是在心里流淌的，但是，这也许比任何其他哭法更可怕。本雅曼塔小姐对我说：

"雅各布，我要死了，因为我没有找到爱。我的这颗心，从未被任何值得尊敬的人占据过，为了能找到感觉，它甚至渴望被伤害，现在它正在死去。我这就跟你说再见，adieu①，雅各布。你们这些男孩，克劳斯、你，还有其他人，你们将在我的灵床边唱一首歌。你们将感到哀伤，感到一点点的哀怨。我知道，你们每个人都会在我的床单上放一束鲜花，也许还是挂满露水的鲜花。让我为

---

① 法语的"再见"。

你这颗年轻的心，注入带着微笑的兄妹惜别之情。是的，我要向你倾诉，雅各布，这是理所当然的，大家都知道，你，就是现在这个样子的你，对所有无法言说之事，对所有无法听见的隐秘，有一双特殊的耳朵，你有能够倾听的胸怀，你有能够洞察的眼睛，你有一个别样的灵魂，对这一切，你都有充满同情的理解。所以，你该清楚，我死于这样的人手里，他本应该看见我理解我，但他的谨小慎微和过于算计扼杀了我，他无情的犹豫和对真爱的恐惧葬送了我。他也许有过那样的时刻，以为爱我，想得到我，但他还是犹豫了，他把我搁到一边儿，于是，我也开始犹豫，可我只不过是个姑娘，我无法主动，除了犹豫我还能做什么，这是我唯一被允许做、应该做的事情——犹豫。啊，他的言而无信欺骗了我，我被他虚无和麻木的心折磨着，而我曾经相信，这颗心充满了对我的真情，充满了对我的渴望。那些你能考量、你能比较的，都不是真正的感情。我跟你说的这个男人，对他我做过太多优雅甜蜜的梦，他是我相信的人，而且是不加思考、毫不犹豫地相信。我不能告诉你一切的一切。还是让我保持沉默吧。哦，这个破坏了一切的人，这个害死我的人，雅各布。这些令我心碎的悲凉！但是，够了。你说吧，你爱我，像弟弟爱姐姐那样爱我吗？好了，不说了。雅各布，现在这样挺好的，就像事情应有的样子，是不是？不，不是吗？我们两个人不想互相仇恨，也不想彼此怀疑。我们不再渴望任何东西，这不是很好吗？不好吗？是的，这样很好。来吧，让我亲吻你一次，唯一一次纯洁之吻。你要温柔些。我知道你不喜欢哭，但现在让我们一起哭一会儿吧。别说话，现在什么都别说。"

她再也不说什么了。但她好像还有很多话想说，又好像找不到适合的言语来表达心情。外面的院子里，下雪了，雪花又大又湿。这让我想起了城堡的庭院，想起了密室，那里也曾经漫天大雪。那些密室！我一直以为，本雅曼塔小姐是那些密室的女主人。我一直把她当作一个温柔的公主。现在呢？本雅曼塔小姐是一个感情细腻、心里满是痛苦的女人。不是什么公主。某一天，她会躺在密室的床上死去。她会张着嘴，嘴巴会僵硬，一缕毫无生气的卷发软塌塌地贴在她冰冷的前额上。何必想这些呢？有什么用呢？

现在我要去找校长。他派人来告诉我，让我去找他。一边是姑娘的哀号和姑娘的尸体，另一边是她的兄弟，一个好像还没真正活过的男人。是的，本雅曼塔一家给我留下的印象宛如关在笼子里的饥饿的老虎。什么？我，我正把自己送进老虎打哈欠的咽喉？没错，送进去吧！但愿他面对我这个无力自卫的学生时，别那么狂暴。我恭顺地听从他的摆布。我害怕他，不过与此同时，我心里也有种东西在嘲笑他。此外，他还欠我一个他的人生故事。他答应过我，我也会提醒他勿忘自己的诺言。

对，他给我留下的印象就是这样的：他甚至还没有活过。他现在想在我身上尽情欢愉吗？难道他会把这种犯罪行为称为尽情欢愉、尽情生活吗？这是愚蠢的，愚蠢无比，而且十分危险。但这一切都在逼迫我！我不得不去见这个人。有一种我无法理解的灵魂驱力把我推向他，迫使我一次又一次地重新窥探他，琢磨他。哪怕被他毁掉，我也无法停止。换句话说，我要是不这样做，会让我感到痛苦和惭愧。不管怎样，即使死去，我也是死在拥有伟大心灵之人的手中。现在我进了办公室。可怜的本雅曼塔小姐！

我不得不说，与校长的这次相见，除了他对我表现出的多多少少的蔑视，总体还是很友好的（是的，因为轻蔑才变得友好），校长用手拍了拍我的肩膀，然后用他那张形状优美的大嘴笑我。他笑得几乎露出了全牙。我生气地对他说：

"校长先生，我必须请求您收敛一些，不要对我表现出太多令人作呕的虚情假意。我还是您的学生。至于其他方面，我放弃了，如果我们这么说还不够明确的话，那我就明说了，收起您的慈悲吧。把您居高临下的友善留给乞丐吧。我的名字雅各布·冯·贡滕，我虽然年轻，但把自尊心看得很重要。我不能得到您的谅解，这我早就看到了，但我也不会再让自己遭受您的凌辱。"

我一边说着彻头彻尾自命不凡的话——这些话也许不那么应景，一边果断地把校长伸过来的手推了回去。见我这么做，本雅曼塔先生笑得更开心了，他对我说：

"我必须控制自己，但还是忍不住要笑你，雅各布，我必须按捺自己，必须忍住，不然我就会冲过去吻你，你这个漂亮的小家伙。"

我惊叫着：

"吻我？您疯了吗，校长先生？我不希望您这么做。"

我对自己说这话时毫不掩饰的坦率感到惊讶，我不由自主地往后退了一步，好像要避免再受什么打击。然而，本雅曼塔先生，这个友善体贴的化身却带着罕见的满足，嘴唇颤抖地说：

"孩子，可爱的男孩儿，你真是秀色可餐。要是能和你一起生活，无论在沙漠还是北极的冰山上，要我怎样我都情愿。过来！嘿，见鬼，你不要怕我。我请求你不要害怕我，我不会伤害你。我又能做什么伤害你的事？我怎么可能那么做?！我觉得你非常珍贵，非常稀有，看到了，这是我想做的，我要这样爱护你，所以你根本不需要怕我。对了，雅各布，现在说正经话，听着：你想完全，完完全全地和我待在一起吗？你好像不是很明白我这话的意思，那你就好好想想。这里的一切就要结束了，你明白吗?"

我愚蠢地脱口而出：

"是的，校长先生，我猜到了!"

校长先生又笑着说：

"看看，你居然猜到了。本雅曼塔学校今天还在，说不定明天就消失了。是的，可以这么说，你是这里最后的学生。我不再收学生了。看着我。看见我有多高兴了吗？你明白了吗？在我被永远禁锢在这里之前，我还能认识你、了解你，年轻的雅各布，一个如此正直纯粹的人。你这个调皮鬼，你把我绑上了一条奇特的快乐之链上。现在我问你，你想和我一起离开吗？你愿意跟我共同生活吗？你愿意我们一起开始，尝试做点儿什么事吗？你愿意我们去冒险、去创造，我们两个人一起，你和我，你这个小家伙和我这个大家伙，我们一起努力，看看我们能不能活下去，怎么样？你马上回答我。"

我回答说：

"校长先生，在我看来，这是一个不能马上回答的问题。您说的一切我很感兴趣，我会认真考虑一下，估计明天左右我会给您答案。对此，我估计我会有一个'是'的回答。"

本雅曼塔先生非常急切地脱口而出：

"你真是一个可爱的小家伙！"

这句话说完，他停顿了一下，然后又说：

"你看，只要跟你在一起，就意味着某种危险，就意味着我们可以做一些大胆、冒险的探索，发现新事物。但我们也可以做完全不同的事情，做些美好的没有风险的寻常之事。你身上完全具备这两种特质，温柔和无畏。与你结合起来，既可以做勇敢的冒险，也可以美妙地享受生活。"

我回答说：

"别奉承我，校长先生，这很讨厌，而且会引起我对您的怀疑，您别再说下去了！您答应给我讲的关于您过去的故事在哪儿呢？您还记得您的诺言吗？"

就在那一刻，有人猛地打开了门。克劳斯，是克劳斯，气喘吁吁、脸色苍白地冲进房间，像要窒息似的，已经说不出来话。他只是急急地对我们打手势，让我们跟他走。我们三个人冲进昏暗的教室。那里的景象，把我们都吓傻了。

地上躺着已经死去的本雅曼塔小姐。校长抓起她的手，又扔下了，就像被蛇咬了一样，他浑身颤抖，完全被恐惧攫住了，一步步后退。随后，他再次走近死者，看着她，然后又走开，仿佛只为了再回到她身边。克劳斯跪在她脚边。我用双手抱住本雅曼塔小姐的头，不让她的头落到坚硬的地板上。她的眼睛还睁着，不是睁得很大，而是眼帘低垂。本雅曼塔先生最后合上了她的双眼。他也跪到了地上。我们三个人都没说话，但也没沉浸在所谓的"深刻思考"中。至少我脑海里没有任何思绪。但我很平静。我心里甚至有了和善美好的感觉，虽然这么说听起来有点儿假模假样，有些虚伪，但我真的感觉到了。不知何处传来微弱的音乐旋律。在我眼前，光影不停地变幻着。校长先生轻声说：

"来吧，我们把她抬起来，把她抱进客厅。轻轻地，轻轻地，哦，要轻轻地抬起。克劳斯，小心。看在上帝的分上，别这么笨手笨脚的。雅各布，你也留神，别让她撞到任何东西。我也过来帮帮你。慢着点，慢慢移动。谁腾出一只手，开一下门。对，就这样，慢一点儿，小心一点儿。"

在我看来，他说的都是废话。我们把丽莎·本雅曼塔小姐抱到床上，校长飞快地掀掉床上的毯子。现在，本雅曼塔小姐就躺在那里，像她事先向我描述的那样。接着，同学都来了，我们看着眼前的一切，默默地站在小姐的床边。校长先生用眼神向我们发出一个指令，我们这十一个学生立刻开始轻声合唱。这就是这位躺下的姑娘最想听到的那首哀伤之歌。现在，在我的想象中，她如愿以偿，听到了自己轻柔的挽歌。对于我们每个学生来说，这就像是一堂课，本雅曼塔小姐指挥我们唱歌，我们无比乐意地跟随她的指挥，齐声歌唱。歌声终了，克劳斯走出我们围成的半圆，语速缓慢，但语调沉重，他说出来下面这番话：

"睡吧，甜美地安息吧，尊敬的小姐。（接下来他对死者说的话引起了我的注意：他不再用'您'称呼她，而是用'你'。①）你终于摆脱了困苦，驱散了恐惧，挣脱了尘世的忧虑和命运的束缚。尊敬的人啊，我们在你的床边唱了那首歌，像以前你教我们的那样。我们，你的这些学生，现在都被你遗弃了吗？你不再管我们了？看上去就是

---

① 用"你"互称，表示彼此关系熟悉亲近，甚至很随便。

这样，事实也是如此。但是你，你这个过早离开的人，永远、永远都不会从我们的记忆中消失。你活在我们心里。我们，我们这些曾被你调教和引导的男孩儿们，也将在虚无但艰辛的生活中各奔东西，去寻找属于我们的成功，寻找安身之所，也许我们一无所成，一无所有，四处飘零，甚至再也找不到彼此，彼此再无相见的可能。但我们每个人都会想起你，我们的老师，因为你告诉我们的道理，仍在我们的脑海里留着深深的烙印，你教给我们的教义和知识都将永远提醒我们，你，你是我们美好的内心世界的创造者。这些都是不容忽视的事实。当我们吃饭时，刀叉会提醒我们，按你希望我们做的那样，去摆放它和使用它；我们会端正地坐在餐桌旁，是你培养了我们的良好举止，你对我们的这些教导，总会把我们的思绪带回你的身边。在我们心中，你仍是我们的统领，仍在警示我们。你仍活在那里，继续教育我们、质疑我们，你的声音仍在那里回响。假如我们同学中任何一个人，在他今后的生活中比其他同学混得好，因为取得了成功不愿再跟落魄的老同学相认……可以肯定，他会不由自主地想到本雅曼塔学校，想到你，本雅曼塔学校的女主人。他立刻会为自己的行为，为自己忘记了你的教诲，为自己的傲慢感到羞愧，而且会不假思索地向他的同学、他的兄弟般的同窗、他的老友伸出问候的双手。逝去的人，你教会了我们什么？你曾经告诫我们，要保持谦逊和志向。是的，我们永远不会忘记这些，就像我们永远无法忘记说出这句话的亲爱的老师一样。安息吧，敬爱的人。做个好梦！我们美丽的幻想会对你轻声低语，萦绕着你盘旋。我们对你满怀幸福的忠诚，飘向你，屈膝在你脚前；我们对你充满感激的依恋，我们对往日时光回忆的渴望，像温柔难忘的花环、花朵、花枝之语，在你的额头和手上飞舞，向你诉说我们对你的爱意。我们，你曾经的学生，现在我们要再为你唱一首歌，这首歌将是我们为你的逝去而做的最后祈祷，你的棺木就是我们回忆往昔快乐和虔诚的乐园。你就是这样教会我们祷告的。你说，歌唱就是祈祷。你即将听到我们的歌声，我们会想象你在我们的歌声中微笑着。看到你这样躺在这里，我们的心都碎了，曾经那么完美的你，对口渴的人来说，你完美的一切就宛如清新自然的泉水。是的，这是非常难忍的痛苦，但我们会变得坚强，你肯定是这样希望的。我们现在镇定下来。我们继续服从你，为你再唱一首歌。"

克劳斯从小姐床前回到我们身边，我们又唱了一首歌，它听起来和第一首歌一样柔和。然后，我们一前一后排队走到床边，每个人都在死去的本雅曼塔小姐手上亲吻了一下。我们十一个人每个人都说了一些话。汉斯说："我会告诉西林斯基这里发生的一切。也要告诉海因里希，他也需要知道。"沙赫特说："永别了，你永远那么美好。"彼得说："我将一生遵守你的训诫。"然后，我们回到了教室，留下校长和校长的妹妹单独待在一起，留下生者与死者、孤独者与孤独者、受苦者与解脱痛苦者在一起，留下本雅曼塔先生和本雅曼塔小姐单独在一起。

我不得不和克劳斯告别。克劳斯离开了学校。就像一盏灯、一个太阳消失了。对我来说，仿佛从现在开始，世界和世界上的一切都沉入了漫漫黑夜。太阳落山前，总会给它身后的昏暗投下一抹金黄的晚霞，克劳斯也是这么做的。他走之前，还匆忙地骂了我一顿，绝对是真正的克劳斯最后一次展现了他纯真的本性之光：

"再见了，雅各布，完善你自己，改进你自己。"

他对我说话时，很不情愿地伸手跟我握手，好像这是他必须做但不愿意做的一件事，他因而感到恼火。

"现在我要离开这里，走向世界，走到我的仆人岗位。希望你很快也能这样。这是对你只有好处没有坏处的事。我真心希望你能战胜你的无知。你应该经常被揪揪调皮捣蛋的耳朵，好好改正你的毛病。告别在即，你别高兴得太早。谁知道呢，谁知道什么能改变你。也许这个愚蠢糟糕的世界，还会把你捧到高处，让你得意忘形。以至于你可以继续沉迷在不知羞耻、傲慢无礼、趾高气扬这些可笑的习性中；你的命运允许你继续嘲笑别人或者用所有类似的方式，继续维持你粗野的生活方式，甚至还可能让你活得无忧无虑，就像你一直以来表现出的那样。你甚至还可以吹嘘，你在本雅曼塔学校不守规矩的各种恶习，可以把这些都吹成反叛之类的。但愿，至少我希望生活的忧烦和艰辛能给你一个教训，帮你改正你的劣行。你看，我克劳斯说话不好听。但忠言逆耳，我对你一片好心，而不是像有些人那样，只对你说好听的话，告诉你幸福从天而降，专门落进你的怀里，祝福你张嘴就能接到天上掉下来的馅饼。你要多干活儿，少幻想，对了，还有一件事我要明确告诉你：请完完全全地忘记我。如果我认为你跟我还有什么联系，我只会生气，我们之间的一切早就变成了需要丢弃的破烂儿，不要跟我玩弄你那一套感情小把戏：今天不来，明天总会再来相见，诸如此类的垃圾。不要这样，记住没，小兄弟？记住，我克劳斯不要你们冯·贡滕家的小调侃。"

"哦，你这个无情的有情人！"

我带着对分别的惊恐，充满深情地大喊，冲过去拥抱克劳斯。但他用这个世界上最简单的方式阻止了我——让自己如此迅速，而且是永远地消失了。

"今天还有一个本雅曼塔仆人学校，明天一切都将消失。"

我大声对自己说。我走进校长先生的办公室。对我来说，这个世界浩瀚的空间被一道燃烧的光亮割成了两半，变成了两个世界。其中一半被克劳斯带走了。

"从此以后，我只能过另一种没有克劳斯的生活了！"

我喃喃自语。其实，这是很容易理解的：我很难过，也有点沮丧。有点儿后悔沉迷于说大话，何必呢？见到校长，我比以往任何时候都更正式地向他鞠躬，似乎这样才是更适合的，比我经常说的"您好，校长先生"来得更得体。

"你好啊，我的老朋友。"

校长大声对我说，笑着向我走过来，伸出手臂似乎要拥抱我，被我挡了回去。我深沉地对他说：

"克劳斯走了。"

我们沉默着，心满意足地对视着，互相看了好半天。

"我已经为你们所有人，你的同学们找到了工作。现在，只有我们三个人，你、我和这个躺在床上的女人，还留在这里。死者（为什么人们不能平静地谈论死者？他们都还活着，不是吗？），明天会被接走。这是一个丑陋但很必要的想法——今天我们三个人仍然在一起。而且我们会整夜不睡，守着她。我们两个将在她的床边聊天。每当我回想起你初来学校的那一天，你带着你的请求、要求和一大堆问题，最后还是被录取了，每当我回忆这些，整个身心都沉浸在罕见的对生活乐趣的憧憬中，无比快乐。我四十多岁了。这算老吗？确实老了，但你来了，雅各布，你让我这四十多年的时光重返青春，二度萌芽绽放。跟你在一起，你身上男孩般的清新，是那么鲜活，第一次让我感受到了生命，好像一个新生占据了我的身心。我站在这里，你看到了，我在这里，在这个办公室里，曾经的绝望，早让我在这里枯竭了，我几乎被埋葬在这里。我恨，我仇恨，我恨这个世界。我对这一切的存在，对一切生命的活力有着无法言喻的厌恶，我极力回避这一切。直到你走了进来，带着清新、愚蠢、顽皮、放肆，但绽放顽强的情感芬芳，我当然会对你发火，大声呵斥你，因为我知道，我第一眼见到你就知道，你这个漂亮的小伙子，从天上飞下来，是那位无所不知的上帝派来的，你是他给我的礼物。是的，我现在需要你，当你一次次走近我，用你那令人着迷的无礼和粗鲁来烦扰我时，我总是窃笑，对我来说，这不是烦扰，是诱惑，那情景就像一幅杰出的画作。哦，不，冷静点儿，本雅曼塔，冷静点儿。告诉我，你是不是注意到了这一点，我们俩是朋友，对吗？一直都是，对吧？假如我还想在你面前保全我的尊严，哦，那么我宁可毁掉它，将我的尊严撕成碎片。我们已经这样亲密了，但今天你居然还那么正式地向我鞠躬！你听着，前几天我跟你发脾气，发那么大的火，难道是我想伤害你吗？是我想置自己于死地吗？也许你知道其中的缘由，雅各布。是不是？如果你明白，马上跟我说清楚。马上，你听见了，马上！我怎么了？我到底怎么了？你说啊？"

"我不知道。我觉得您疯了，校长先生。"

我说完，被眼前这个男人眼中四溅而出的柔情和对生命的渴望震惊了，我不寒而栗。我们就这样沉默着。过了一会儿，我突然想到要提醒本雅曼塔先生，别忘了讲他的人生故事。这是好点子，可以帮他分散注意力，免得他再像疯子那样攻击我。其实，在这一刻里，我预感到自己已经落入了一个半疯者的魔爪中，冷汗顺着我的额头流了下来，所以我飞快地说了这些话：

"是的，校长先生，您的故事呢？故事接下来怎么样了？您知道，我最讨厌暗示，是不是？您已经含糊地给我讲了一些，向我暗示说，您曾是一个被废黜的国王。我很想听。请您讲得更详细点吧。我非常期待。"

他尴尬地用手指在耳后揉了揉，转眼就变得很生气，像一个粗鲁的人，他用下级军官的语气对我狂吼：

"滚。让我一个人待着！"

没问题，我不需要被吼两次滚，立刻就滚了。他会感到羞愧吗？他会因为什么事真的感到悲伤吗？这个本雅曼塔的国王，真的是一头被关在笼子里的雄狮？不管怎样，我又一次变得高兴，能够又一次站在走廊，从锁眼儿偷听里面的动静。一片死寂。我回到寝室，点燃一小截蜡烛，凝视着我一直小心翼翼保存的妈妈的照片。过了一会儿，有人敲门。是校长，他穿着一身黑衣，严厉地命令我说：

"跟我来。我们去大厅那里，为死者守灵。"

本雅曼塔先生用一个不显眼的手势，指出我的位置。我们坐到那里。感谢上帝，我完全没感到任何身体的疲劳。眼前所见让我感到安慰。死者妩媚的脸依然美丽，是的，看上去似乎变得更优雅了，而且——每时每刻都在变幻，更迭中似乎变得更加漂亮、更令人动容、更优雅。房间里似乎还飘浮着对以往过失给予宽恕的微笑，它们轻轻萦绕，余韵袅袅。灵堂肃穆，但那么明亮，仿佛一切都那么磊落安然，没什么隐秘而言。这些都带给我美好的感觉，我能在这里为本雅曼塔小姐守灵，也算是履行了我对她的某种义务，这不仅让我获得安宁，也让我得到了安慰。

当我们就这样坐在灵堂里时，校长先生对我说：

"以后，以后我会跟你讲关于我的一切。我们总有一天要走到一起的。我非常坚信这一点，我相信你迟早会同意跟我在一起，我的这个信念坚如磐石。如果明天，我询问你最后的决定，我相信你不会说——不，这我很清楚。但是今天，我必须告诉你的是，我并不是什么被废黜的国王，我这么说，不过是为了让你有个更具象的认识。但的确有过那样的时光，这个坐在你旁边的本雅曼塔感觉自己像个国王，像个征服者，感觉未来的生活属于自己，是我可以掌控的；那时，我的整个身心都对未来和成功坚信不疑；我充满弹性的脚步仿佛在地毯般的草地上跳跃，迈向成功和成功带来的殊荣；凡是我能看见的，仿佛都归我所有，我享受所有我能想到的一切，虽然那不过都是一些肤浅之事；仿佛一切早已准备就绪，心满意足地被加冕，浑身涂满成功和伟绩的圣油，不知不觉中我已经成了国王；太不可思议了，我不需要向自己出示任何证明，我已经是一个国王了。从这个意义上说，雅各布，我已经变得伟大，我已经飞黄腾达，也就是说，那是一个年轻有为的我。当然，同样从这个意义上看，达到顶峰之后必然是衰落，所以接着必然发生的，便是我被赶下国王的宝座，被罢黜。我完蛋了。我怀疑自己，怀疑一切。亲爱的雅各布，当一个人感到绝望和悲伤时，那他肯定既渺小又可怜，接踵而来的便是越来越多的钩心斗角的小心眼儿、小算计，这一切像贪婪讨厌的虫子一样扑向你，慢慢地吞噬你，让你慢慢地窒息，让你慢慢地丧失人性。因此，关于国王的说法只不过是一个比喻。我很抱歉，我的小听众，如果我让你相信了权杖和国王的大鏊，请你原谅我。但我相信，你心里很清楚，我说的这个隐隐约约、充满叹息的所谓王国到底意味着什么。你不觉得，说出了这一切，我现在舒服多了吗？现在我不再是什么国王了？但你自己也承认过，像我这样的大人物，假如他们被需要，还是可以讲讲课、开开学校之类的，他们很可能都是你不可思议的赞助者。不，其实我不过是对未来太确信、太乐观而已：而这些精神的富有，曾经就是我王道乐土的收入和滋养。那之后很长一段岁月里，我失去过勇气和尊严。但现在我又回来了，也就是说，我又开始做自己了，这感觉就好像继承了一百万遗产似的。哦不，哪里是什么继承了一百万遗产，不，我准确地感到，好像我又赢回了作为统治者的地位，我重新被加冕。然而，降临到我身上的却是黑暗，非常可怕的黑暗时刻，一次又一次，你能明白吗？当一切在我眼前重新变得漆黑一片，仇恨便油然而生，在这样的时刻里，我感觉心灵被烧成了一片焦土，恨不得撕裂一切，杀戮所有。哦，我的灵魂，你现在知道了这些，你会不在意这一切，仍然选择和我在一起吗？或许你对我抱有单纯的同情之心，就像一个人对另一个人那样；或者你被我吸引，对我有另外的情感，不管怎样，你能选择跟我这个野兽待在一起，不顾一切与我共同面对这种风险吗？你敢挑战自己的高傲吗？你是不惧怕挑战的人吗？我这么说，让你讨厌了吗？讨厌？哦，你看我在说什么蠢话。我可以这么跟你说，我很清楚，雅各布，我们命中注定是要共同生活的。这是已经决定的事。我为什么还要问你？当然，我了解我过去的学生，就像我了解你一样，但是现在，雅各布，你不再是我的学生了。我不想再教导你，给你立规矩，我只想充分地生活，在生活中体会活着的意味，去承担我应该承担的，去创造。哦，能和一颗志同道合的心灵在一起，是多么令人惬意的事啊，哪怕因此受苦受累也是幸福。假如我拥有了我想拥有的东西，那么我就可以做任何事情，无论苦难还是幸福，我都可以快乐地承受。不要多想，不要再说什么。沉默吧。明天告诉我你的决定，在他们把躺在床上、对我来说仍然活着的生命带走之后，在我应对完这些外在的丧葬礼仪之后，在我把这外在的悲伤转化为内在的静穆之后，我就可以知道你的决定了。你说是，或者你说不。无论哪种情况，你现在都要知道，你是完全自由的人。你可以说、你可以做任何你喜欢的事。"

我轻声颤抖地对这个如此自信、满嘴承诺的人提出我的要求，如果能让他感到些许惊恐，那就再好不过了：

"但是，校长先生，我的生计在哪儿呢？您给别的学生找到工作，让他们的生活有了着落，为什么我没有？我认为这不太正常，也不公平。我仍然坚持我的看法，您给我找一份体面的工作是您分内的责任。我无论如何都要去工作。"

哈哈，他缩成了一团。他被我吓到了。我在心里狂笑。恶魔是生活中最可爱的存在。本雅曼塔先生难过地说：

"你说得对。你从这里毕业了，就应该给你介绍一份工作。没错，你的要求完全合理。我只不过想，我想，把你当成一个例外。"

我被激怒了，大喊起来：

"例外？我不要当例外，永远不当什么例外。这不符合我这个议员儿子的身份。我的谦逊、我的出身，还有我在这里所感受到的一切，都不允许我做这样的非分之想，想要得到比其他同学更多的东西。"

之后，我没再多说一句话。本雅曼塔先生陷入了明显的不安之中，给他添点儿烦恼，令我欢欣鼓舞。那个夜里余下的时光，我们用沉默打发了。

守灵时，我坐在那里，努力保持清醒，最后还是睡着了。虽然我睡得时间不长，也许半个多小时，也许更久一些，但我还是坠入了梦境。我梦见（我还能回忆起来，那个梦像一道从高处洒下的白光，完全罩住了我）自己身处一个山坡的草坪上，深绿色天鹅绒般的草地。绵延的草地上点缀着盛开的花朵，花朵仿佛有了亲吻的形状，像正在亲吻的芳唇。转眼间，这些亲吻之花又变成了星星，转而又变回花朵的样子。这情景像是真实的，又像是梦中的想象，二者融为一体，真假难辨。草地上躺着一个非常漂亮的女孩。我对自己说，这难道不是本雅曼塔小姐吗？但我立刻否定了自己：

"不是，不可能是本雅曼塔小姐。我们再也没有女老师了。"

嗯，这个女孩儿一定是别的什么人。我真切地看到，我自己安慰自己，而且听到了那个安慰的声音。那个声音很清楚：

"嘿，不要瞎猜了。"

说话的女孩儿有着赤裸丰腴靓丽的躯体。漂亮的腿上系着一条丝带，丝带在风中轻柔地飘扬，不断地掠过她美丽的大腿。我沉浸在镜子般光滑摇曳的甜美梦境中。我非常开心，但忽然闪过的一个念头，让我想到了"那个人"。当然，我想到的是校长先生。忽然，我看见他骑在马背上，一身闪光的黑衣，佩带着高贵的铠甲，长剑垂在身边，战马嘶鸣，好像随时可以冲向战场。

"哦，看！校长已经跨上了战马，即将出征。"

我一边这样想着，一边用尽全身气力大喊。我的喊声在四周的山谷和深渊中回荡：

"我已经决定了。"

但他听不见我的喊声。我痛苦地喊道：

"嘿，嘿，校长先生，您听着……"

可惜，他仍然听不见我的喊声，转身背对着我。他的目光看向远方，他上下飘忽的眼神仿佛正在看透生活的真相。他一次也没回头看我。在这个瞬间里，我感觉梦开始滚动，像马车一样，不停地向前滚动，直到最后停下的地方，那里只有我和"那个人"。当然这个人不会是别的什么人，只能是本雅曼塔先生，我们在沙漠中。我们在沙漠中四处游荡，有时跟沙漠里的居民做点儿生意，我们的内心仿佛被一种特别的清爽激活，我们都感到心满意足。看起来，我们似乎都获得了崭新的精神面貌，仿佛浸染过我们的所谓的欧洲文化永远消失了，或者这么说吧，它至少要消失非常非常长的一段时间。天呐，面对我感受到的一切，我在心里不由自主地发出惊叹，多么愚蠢啊，之前我居然没有这么想过：就是啊，就是它啊！但它到底又是什么？我想到的那个它又是什么？它们是一样的吗？这些我都无法辨别，进而也无法解释。我们继续向前走。远处出现一群对我们抱有敌意的人，但我们驱散了他们，可我没看见具体的驱散过程。远足的日子仿佛一闪而过。几十年漫长而沉重的岁月，弹指一挥间，重新浮现在眼前。那感觉是多么奇特啊！我经历过的每个星期，好像都变成了闪闪发光的小石头，互相凝视着彼此。这很可爱，同时也让人感到美好。

"逃离文明吧，雅各布。你明白吗？这是最了不起的事。"

校长时不时就这样说，现在，他看起来像个阿拉伯人。我们骑着骆驼游荡。一路上我们看到的风土人情都深深打动了我们，让我们高兴。我们融入这片土地的过程像一个缓慢的着陆，并不是理所当然的转变，但在缓慢的变化中，我们感到了一种温柔细腻之美。对我来说，好像我们不是在飞翔，而是在降落。浩瀚无垠的大地向天边伸展，宛如一片湿润蔚蓝的思想之境。鸟鸣啾啾，婉转动听；动物嘶吼，活力四射；头上的树叶沙沙作响。

"最终，你还是和我一起来了。我早就知道，会是这样的。"

本雅曼塔先生说，他被印度人封为伯爵。一切都太棒了！我们的激动和紧张几乎无法言说，因为事实是：我们在印度进行了一场革命。关键是，我们这个恶作剧般的行为居然成功了。生活是如此美好，我的每一个关节都感受到了这一点。生命像一棵枝繁叶茂的大树，在我们旷远的视野中向天伸展。与此同时，我们坚定地站在土地上。我们经历过的险境和我们获得的经验，仿佛在冰河中涉水一般，舒缓了我们的狂热，让我们变得更加理性。我仍是那个小奴仆，而校长仍是那个骑士。

"一切都会好起来。"

我突然有了这样的想法。这么想的时候，我也醒了过来，我看看四周客厅里的一切。本雅曼塔先生也和我一样睡了过去。我叫醒他，对他说：

"校长先生，您怎么也睡着了？但请允许我告诉您，我决定和您一起走，去任何您想去的地方。"

我们握了握手，而这意味颇多。

我收拾行李。应该说，是我们两个人，校长和我，我们都在收拾行李，认认真真地整理收拾行李，该分开放的分开，该一起放的放好、分好，你递给我这个，我拿回另一个，就这样忙碌起来。因为我们要出门旅行了。我不再多想什么，这个人适合我，不用再问为什么，我们有默契就是了。我意识到，生活需要的是情感和活力，而不是深思熟虑。

今天，我还要去和我兄弟道别。我不会在这里留下任何痕迹。没有什么值得我牵挂的，没有什么义务可以束缚我，我完全没必要对任何人说"一切曾经如何，假如我……"不，不再有什么曾经，也不再有什么假如。本雅曼塔小姐已经躺在地下长眠。我的同学，这十一个同学早已各奔前程，飘散到各自的岗位上；如果我也被生活碾压，被消亡，那么破碎并灭亡的是什么？一个零而已。作为单独的一个人，我只是一个零。现在，把笔扔了吧！现在，让精神生活见鬼去吧！现在，我要和本雅曼塔先生一起去沙漠。我要看看，我能否在荒野中生活，能否在那里呼吸、存在；能否在那里变得正直和真诚，做好事，做好人；看看能否在那里的夜空下睡觉和做梦。哦，打住了。现在，我不再想任何事。难道连上帝也不想吗？不想！上帝与我在一起，上帝与我同在。我还需要想他吗？上帝与没有思想的人同行。那么就这样吧，再见了，本雅曼塔仆人学校。

译后记

译者，是第一个读者。

译者如何评价所译作品，和每个读者的评价也许没什么不同。游历了作品的角角落落之后，还要为作品做点"延伸"，谈些感受。

翻译《雅各布·冯·贡滕》的过程，作为译者，我体会到了创作者的某种乐趣：渐渐着迷，渐渐佩服，渐渐激动，渐渐悲伤，最后心潮澎湃。随着思路的清晰，随着对作者结构设置的佩服，理解了罗伯特·瓦尔泽的创作构想后，与他似乎合而为一。他的创作灵魂也点亮了我的心灵，认同他每个表达的同时，我努力寻找相匹配的汉语。这个过程甚至难过我的创作，每天无法多译，像是冥冥中被规定了每天的工作量，一旦超出这个限量，便感觉"字屈词穷"。整个翻译过程，我享受了创作般起伏的喜悦。

谢谢作者——瓦尔泽先生。

有人认为他是疯子，从哪个意义上可以这么断定，我不得而知。假如作者是疯子，他疯癫笔调下的正常人更像病人，过着病态的生活。这让我联想到那些断定张爱玲孤独而死的人，他们认为这样死去的张爱玲十分可怜，而不是死得其所。究竟谁更可怜，谁更病态，谁更疯狂，也许都是自我的某种折射。阅读，如果与自己的心灵发生了连接，也更像照镜子。

这就是自由。自由是一种寒冷的东西，谁都不能长久地享有。人必须不停地动来动去，就像我们刚才在这里所做的那样，人也必须在自由中这样跳舞。自由是冰冷的，同时也是美丽的。不要爱上自由。否则你收获的只有痛苦。那只会让你事后难过，因为自由是一个瞬间的停留，不会持续更久，任何人都无法在自由中长久地停留。我们在这儿已经停留够久了。你看看，刚才在我们脚下的冰场，我们美妙地在上面飘荡的冰场，就这样慢慢消失了。现在，你睁开眼睛就能看到正在消逝的自由。在你以后的生活中，这将是你经常看到的令人心痛的情形。

关于自由，有无数声音，瓦尔泽的这种理解让我感到了某种庆幸：我对如此深奥的字眼没说过什么蠢话。自由的寒冷和自由的虚无，都不妨碍驱动我们跟着它跳舞，不停地动来动去，一晃便是一生一世。我们得到它了吗？我们没有得到它吗？无人能说清楚。有很多艺术家强调过，一个社会没有自由就没有真正的创作。对于寻常而言的确如此，但基斯洛夫斯基 ① 到了自由的国度，并没有拍出胜过《十戒》② 的影片。拍《十戒》时，导演身处一个不自由的社会，但他内心产生了另外的自由；这后一个自由才是成就他巅峰之作的真正背景。

这之后，我必须绝对接受这样的看法，并把它当成坚定的信念来坚守：规章戒律把我们的存在变成银子，甚至可以点石成金，总而言之，禁止把我们的生活变得令人着迷。因为禁止迷人的笑声和禁止其他事情，包括禁止欲望都是一样的，只会让我们对此更着迷。

瓦尔泽说的戒律表面看是自由的妨碍，但他马上就把这种妨碍变成了存在的更大自由，变成推巨石的西西弗的心情。作者几乎含着笑意在说，你不拿它当妨碍，它就变

---

① 波兰导演，后移民法国。
② 前者的代表作之一。

成了你的巨石玩具：这是让你更着迷的自由。无形中，戒律变成了新的自由。

瓦尔泽先生的文风不是点到为止，而是捅破窗户纸之后，还要大喊一嗓子，大笑几声：

> 不要去爱，没错，这本身就是爱。如果我不应该爱，那我会付出十倍的努力去爱。一切被禁止的，都以百倍的叠加增值存在。所以那些应该死去的，会活得更有生命力。

这种振奋人心的鼓吹，我之前从未领略过，之后还有什么可惧怕的呢？作者所看到的一切，为什么我没看到？当我提出这个问题时，我想到了疯狂，瓦尔泽先生也许是这样意义上的"疯子"。

> 对我们这些卑微得不值得一提的小学徒来说，没有什么事是滑稽好笑的。被夺走尊严的人总是认真对待一切，但有时也忽视一切，离草率几步之遥。

他在影射我。他没影射你吗？被剥夺了尊严的人总是认真对待一切，除了提出这个问题：我为什么被剥夺了尊严，谁剥夺了我的尊严？这也是他们忽视的那一切。他们认真对待的那一切集中表现为注重个人利益和笑话别人，是轻松的实用主义。尊严会不会就是这样被剥夺了？在这样的字里行间，我被作者的文字逼到了角落：我不觉得自己是一个被剥夺了尊严的人，但我无法证实，也不愿证伪，伸向马蜂窝的手慢慢缩了回来。生活就这样被作者看上去似乎是闲来之笔的几句话勾画出来了。瓦尔泽先生的字句像炮弹一样，不仅能毁掉陷阱，也能毁掉安居之处。

我们给那些假装乞丐的人一些小东西；我们写信；我们互相大喊；我们集会；我们寻找可以练习说法语的地方；我们练习脱帽；我们谈论狩猎、金融和艺术；我们走近需要我们攀附的夫人，顺从地亲吻她们出于慈悲向我们伸出的五根漂亮手指；我们到处闲逛；我们喝咖啡，在勃艮第吃火腿，我们睡在幻想出来的床上；同样在想象中，好像早晨又到了，我们又起床了一样；然后我们说"你好，法官先生"；我们互相殴打，因为在我们的生活中这是经常发生的事；生活中出现的一切，我们都要练习。

这是作者幻想出来的生活，或者说生活练习，如今我们中很多人已经过上了。看对它们的描述和概括时，带来的却是滑稽的感觉。难道生活一总结就变得滑稽吗？我试了一下，非常概括地总结了过去一个月的生活，发现真是如此。不信的人，不妨也试试。

这里的一切都是那么玄妙，给人感觉是站在半空中，而不是站在坚实的土地上，与此同时，学校的各种规范仍清楚地印在脑海里，也许就是这两者的反差形成了这种玄妙的效果。也许就是这样。我们在这里总是期待着什么，嗯，最后，期待一点点黯淡地消失。现在学校又严格禁止四处打听和抱有希望，自己倾听和等待，都是不允许的。而且，打听和心存希望是会消耗精力的。

然后呢？

我是多么幸运啊，在我身上看不到任何值得珍惜、值得看到的东西！我渺小得一文不值，这是我必须保持的状态。假如某一天，某一双手把我举起，扔到特权和它们发挥影响力的波浪上，那么我会毫不犹豫地粉碎对我有利的这一切，让自己沉入低沉、一无所有的黑暗中。因为我只能在底层好好地呼吸。

这些自慰和自卫都极具前瞻性！那些消耗我们心智和体力的事情，我们不做了。如果自己拥有的某些东西或品质可能被别人掠走，那么就在别人掠走前扔掉它；一无所有的强大可以打败"拥有一切"的侵犯！

我过着一种特别的双重生活，一种是有规矩的，一种是没规矩的，一种是受管制的，一种是不受管制的，一种是简单的，一种是高度复杂的。

作者在这样的双重状态下，天马行空，逃离了自我的羁绊，同时也尽情地嘲讽了生活对人那种无所不在、无所不能的主宰状态。一个人最大的主观能动性，被作者运用到极致——装疯卖傻的下面，是坚硬的理性之石。生活，在瓦尔泽笔下，令我想起卡夫卡笔下的巨大"机关"，它可能是一个我们进不去的城堡，也可能是把我们变成罪犯的莫须有，人类一直在与之纠结，取胜的希望虚无缥缈。但瓦尔泽解构了这种纠缠，他变成一只一无所有的小小鸟，在纠缠地上下遨游。宛如禁锢之树开出的一朵自由之花。

如果说，罗伯特·瓦尔泽的世界已经被摧毁，他无疑是先动手的那个人，先于外在先于他人。他用自己的方式浪在潮头，毁了自己的世界，留给侵犯者一片废墟。与此同时，瓦尔泽先生也逃脱了我们的这个世界，他不再写作，身心缩成一个小圆点儿，实心或者空心。我更愿意想象，他缩成了一个实心圆点儿，哪怕都是黑色。

于是，我也更加相信他曾经说过的那些话。都是实话。经得起时间和变化。

最后，我想用瓦尔泽先生的一句话结束这段文字：让我们为自己保留一些心愿吧！

初稿于 2022 年 12 月 23 日

二稿于 2023 年 3 月 31 日

于柏林